蔵の中

短篇時代小説選

松本清張

角川文庫
15711

目次

蔵の中

一

十一月も半ばを過ぎると、冷え込みがひどくなる。雪もちらついてくる。「報恩講」が来たから寒いはずだと江戸の者は言った。十一月二十一日から二十八日まで行なわれる行事である。

「報恩講」は「お講」とか「お七昼夜《しちや》」などともいって、親鸞聖人《しんらんしょうにん》の忌日《きにち》を中心にして真宗各寺では法要を行なう。信徒は寺にも参詣《さんけい》するが、家でも仏壇を飾る。

十二月近くともなれば、指の先がかじかんでくる。奈良の「お水取り」は春の兆《きざし》とされているが、「報恩講」は冬に入ったことを告げるのである。

嘉永《かえい》二年の十一月二十二日のことだった。日本橋本銀町《ほんしろがねちょう》二丁目に畳表や花莚《はなむしろ》の問屋で備前《びぜん》屋庄兵衛《しょうべえ》という店があったが、その夜に一大椿事《ちんじ》が突発した。

庄兵衛は今年五十四になる。元来が一向宗《いっこう》の信徒だから、この日は午前《ひるまえ》から浅草の龍玄寺《りゅうげんじ》に詣《まい》って、遅くまで法要の席に列していた。彼はこのとき亥助《いすけ》という二十五になる手代と、勘吉《かんきち》という十六の丁稚《でっち》とを供に連れていた。そのことは事件には関係はない。庄兵衛が家に戻ったのは七ッ（午後四時）近くで、もう外はうす暗くなりかかっていた。

「仏壇の支度は出来ているか？」

と、庄兵衛は帰るなり女房のお咲《さき》に訊《き》いた。

「はい、すっかり支度は出来ております」

庄兵衛はうなずいて、点検するように仏間に通った。

「亥助はどうかしましたかえ？」

と、お咲は、供をして帰ったのが丁稚だけだったので庄兵衛に訊いている。

「ああ、あれは浅草橋の山城屋《やましろ》さんに掛取りに回った」

庄兵衛は言い捨てて仏壇の前に坐《すわ》った。熱心な信徒だけに、この十畳の間には立派な仏壇がしつらえてある。彼は金色に光る厨子《ずし》の前に供物や花がきれいに飾られてあるのを見て満足したのか、べつに叱言《こごと》も言わなかった。

「お露《つゆ》はどうした？」

と、庄兵衛は訊いた。

「はい、あれは春衣《はるぎ》の着物を縫っております」

「そうか、もうぼつぼつ支度にかかっているのか」

庄兵衛が微笑を泛《うか》べたのは、一人娘のお露が来年の春には婿を取るからだ。祝言は二月の吉日を択《えら》んで、日取りも決っていた。

「それでは、今夜の報恩講がお露にとって娘の最後だな」

と、庄兵衛は言った。

「みなに出す斎《とき》の用意は出来ているか？」

「はい、みんな揃っております」

「そうか。それでは、早速、お灯明とお線香を上げて、みなをここに集めるがよい」

と言った。

備前屋では毎年十一月二十二日の報恩講にこういう行事をすることになっている。やがて仏壇の両脇に蠟燭《ろうそく》の灯が輝き、その前に庄兵衛夫婦に、今年十九になるお露、その背後に半蔵、清七、岩吉といった番頭や手代、掛取りから遅れて帰った亥助も加わって、水入らずの法事がはじまった。熱心な庄兵衛は、自分で経を上げた。

それが終ると、座敷に女中たちの手で精進料理の膳《ぜん》が配られた。仏壇を背にして庄兵衛夫婦、その横に娘のお露、次には番頭の半蔵、手代の亥助、同じく清七、岩吉、同小僧三人という賑《にぎ》やかな人数で斎の膳についた。女中たちは燗《かん》びんを運んだあと、同じように末座についた。

「やれやれ、よい報恩講じゃ」

と猪口《ちょこ》を上げて庄兵衛は雇人一同を見回した。

「ご先祖さまもさぞかしお喜びであろう。わしは今日龍玄寺に詣って、ご宗祖さまに厚くお礼を申してきた。備前屋の繁昌《はんじょう》は、みんなの働きはもとよりだが、ひとえにご宗祖さまのご恩によるもの。かたじけない次第じゃ。それに、みなも知ってるように、来春の二月にはお露が祝言を挙げる」

こう言ったときに庄兵衛の眼は、女房から三番目にならんでいる亥助の顔に移った。今年二十五になる亥助は、一同の視線を集められて赧《あか》くなってさし俯向《うつむ》いた。お露も眼を伏せた。

「亥助がうちに来たのは今から十年前。さる人の世話で雇入れ、小僧から仕込んだが、まあ、わしの後継ぎとしては申分はないと思う。半蔵と清七は亥助よりも古いが……」

と、庄兵衛は、女房の次にならんでいる二十七になる番頭の半蔵と、亥助の隣にいる清七に眼を移した。

「わしの心持を話したところ、幸い半蔵も清七も、亥助ならと言って同意してくれた。

半蔵は、亥助の祝言が済むと、すぐにのれんを分けて別に店を持たしてやることになっている。それから、清七は長い間手代でご苦労だったが、半蔵のあとを継いで番頭に直ってもらおう」

庄兵衛は、そう言ったあと、小僧のすぐ隣にいる二十三になる手代の岩吉に最後の眼をくれた。

「岩吉はまだ年期も浅いし、年も若い。これからは一番の手代として今まで通りよろしく頼む」

色の白い岩吉は、分りました、というように微《かす》かに頭を下げた。

「わしが改めてここでこう言うのも、ご宗祖さまやご先祖さまをうしろにしてご披露申したい気持があるからだ。分ったな？」

「へえ」

と、雇人一同は揃って頭を下げた。

「いや、めでたい。わしはいい店の者に恵まれた仕合せ者じゃ。なあ、お咲」

「ほんとにそうでございますね。あなたは今日が一生で一番仕合せそうな顔をしていらっしゃいます」

「わしはうれしいのだ。うれし泪《なみだ》が出そうなくらいだ。お露も、来年は……」

と、母親の傍にいる一人娘の細い顔を見た。結綿《ゆいわた》に結った髪が重たげである。一人娘として大事に育てられたせいか、華奢《きゃしゃ》な身体つきだった。

「いよいよ、この家内を取締ってゆくのだ。今までのような子供の気持でいてはならぬぞ」

口では叱言めいているが、顔も言葉も娘が可愛くてならぬようだった。

「さあさ、今日はこのようにお精進料理ですが、みんなゆっくりとお酒でもご馳走《ちそう》でもあがっておくれ」

と、お咲が夫の言葉を締括《しめくく》るように言った。

外に雨戸を揺すって寒そうな風が渡っていた。

お斎の宴が終ったのが六ツ（午後六時）を回ってからだった。一同は箸《はし》を置き、

「ご馳走になりました」

と、主人夫婦に礼を述べ、次々に別間に引揚げた。雇人は全部住み込みである。庄兵衛は、もう一度仏壇に向って恭しく数珠《じゅず》を繰った。

変事はその夜のうちに起ったのである。

二

神田《かんだ》駿河《するが》台下《だいした》に住む岡っ引の碇屋平造《いかりやへいぞう》の家に子分の弥作《やさく》が飛び込んだのは、朝の五ツ（午前八時）ごろだった。

「親分、えらいことが起りました」

「朝っぱらから何だ？」

と、平造は井戸端から顔を拭《ふ》きながら戻ってきた。平造は、この辺を縄張にしている腕利きだった。先代の碇屋の養子になっているが、先代の子分として叩《たた》き上げ、腕は八丁堀の同心仲間に買われている。彼は今年三十四だった。

「そいじゃ、親分の耳にはまだ備前屋の一件が入っていませんね」

「備前屋だと？」

「へえ、本銀町の畳表の問屋です」

「うむ、中ノ橋の堀沿いに大きな蔵が見えている、あの家か？」

「その家で、今朝、二人ほど雇人が殺され、一人は行方知れずになっております。もう一人、家の一人娘のお露というのが半死半生です」

「そう一ぺんにべらべらとしゃべられても、わけが分らねえ。要領よく序段から語ってみろ」

長火鉢の前に坐った平造に子分の弥作はもどかしそうに言った。

「わっちの家は、親分もご承知のように下白壁町《しもしろかべちょう》ですから、備前屋の蔵の見える中ノ橋とは目と鼻の先です。今朝、備前屋で何か騒動があったという近所の話を聞いたもんですから、すぐに目脂《めやに》のついた顔で素っ飛んで行きました。案の定、表は大戸が下りていて中に入れません。横の木戸を押してもぐり込むと、丁稚の勘吉というのに出《で》遇《あ》いました。この小僧はよく使いの途中わっちの家の前を通りますので顔は知っています。丁稚も慄《ふる》えていましたが、とりあえず訊《き》いてみると、岩吉という手代が蔵の中で絞め殺され、蔵の前の庭では半蔵が穴を掘って死んでいるというのです」

「穴を掘っていたと？」

「へえ。だんだんと話します。その小僧の話では、その穴の中に一人娘のお露が気を失って倒れていたそうですが、今朝、その勘吉が見つけて、早速、旦那《だんな》の庄兵衛に報《し》らしたそうです。庄兵衛も愕《おどろ》いて、夫婦で娘を穴から助け上げ、いま、座敷で医者を呼んで介抱しているそうです」

「てめえは現場を見たのか？」

「へえ。小僧の言う通り、半蔵という番頭は鍬《くわ》を横に放り出し、穴の中に首を突っ込むようにして、死んでいました。顔が半分、柔らかい土の中に逆さまにめり込んでいましたから、息が詰ったのだと思います」

「待ってくれ。てめえの話で判断すると、その半蔵という番頭は、蔵の横の空地に穴を掘ってから死んだというのだな」

「へえ、それもただの穴じゃございません。人が坐《すわ》って入れそうなくらい深く掘っていました」

「蔵の中で殺されたという岩吉のほうはどうだ？」

「わっちはちょいと蔵の中をのぞいただけで、とても手に負えねえと分ったものですから、度を失っている庄兵衛に、八丁堀の旦那方のご検視が済むまでは手をつけちゃならねえと言って、こっちへ飛んで来ました。庄兵衛はいま届けようとしたところだと、おろおろしています」

「よし。それじゃ、すぐに出かけてみよう。近所でそんな変事が起って八丁堀の旦那に先を越されちゃ面目が立たねえ……。おい、羽織を出してくれ」

平造は丹前を脱ぎながら起《た》ち上った。

「弥作」

平造は支度をしながら、

「てめえはこれから河村《かわむら》の旦那のところにお報らせするのだ。そこが済んだら、すぐに備前屋に戻ってこい」

「合点です」

弥作は駆け出した。

「おまえさん、備前屋というのは、わたしも堀に映っている白壁の蔵を知ってるけれど、あの蔵の中で人が殺されたんですかねえ」

と、女房は玄関に平造を送りながら言った。

「どうも、そうらしい。おれの眼で見ねえと、まだたしかなことは言えねえが」

「おう、いやだねえ。これからあの蔵を見るたびに妙な気持にならなければいいけれど」

女房は亭主の背中に切火を鳴らした。

備前屋の前ではもう近所の者が集っていた。ここから八丁堀は近い。平造は役人がまだ来ていなければいいがと思って、子分の弥作が言った横の木戸を押した。

通路は一方が母屋《おもや》の壁で、一方が忍返《しのびがえ》しの付いている黒塀の間について細長い。奥に進むと、一棟の蔵の前に出た。すると、平造が恐れていたように、すでに同心河村治郎兵衛《じろべえ》がもう一人の同心と莚《むしろ》をかけた死骸《しがい》の前に立っていた。

「河村の旦那、どうも遅くなりました」

「おう、平造か。おめえの足もとでとんだことが起ったな」

河村は振向いて言った。平造は、この河村の下についていて、その屋敷に出入りしていた。

「へえ。たった今、旦那のところに子分の弥作をやりましたが、旦那に先を越されて申し訳ございません」

「おれもたった今来たところだ」

と、河村は上手を言った。

「弥作がここに早く来て、仏をいじらないように言いつけたのは何よりだった。ま、見てやってくれ」

「へえ、ご免下さい」

と、平造は河村の前にしゃがんで莚のはじをめくった。

半蔵の死骸は仰向《あおむ》けに寝かされていた。その顔は泥だらけになっている。殊に頭は髪が見えないくらいに土をかぶり、口のあたりまで土で汚れている。彼のあぐらをかいた二つの鼻の孔《あな》には土が詰っていた。

平造は横に掘られた大きな穴に眼を移した。それは弥作が報告した通り、人が坐れそうなくらいの深さを持っていた。だが、その穴はまだ掘りかけとみえて、その底には掘った土が溜《たま》ってさらい出してなかった。

そこは場所からいって蔵の横手に当った。庭からはずれた空地で、枯れた草が穴のまわりを黄色く蔽《おお》っていた。掘り出した土にも同じ草がついていた。鍬が傍に放り出してあった。

「おまえがくるまで待っていられなかったのだ」

と、河村は平造に言った。

「この死骸は穴の縁から俯伏《うつぶ》せになって、底のほうに落ち込むように倒れていたのだ。だから腰から下は穴の外にあった。恰度《ちょうど》、掘ったばかりの柔らかい土の中に顔を突っ込むようにしてのめっていたのだ。こうして引揚げてみると、鼻の孔に土が詰っているだろう。……尋常な倒れ方じゃねえ。誰かがうしろから無理に倒して穴の土に首を押込んだのかもしれねえな」

「左様でございますね」

死骸は元のままでなかったから、平造は河村の説明でその様子を想像するほかなかった。こんなことなら、もう少し早くくればよかったと、平造は悔んだ。役人が検視を先にしたのだから、彼の身分としては抗議のしようもなかった。

「で、この穴の中にこちらの娘さんが気を失って倒れていたのでございますか？」

「そうらしい」

河村がそうらしいと言ったのは、娘の身体はもう父親たちの手で家の中に運び入れられてここに無いからである。

「娘のほうはあとで訊いてみろ。その前に、この死んでいる半蔵が自分でこの穴を掘ったか、それともいま行方知れずになっている亥助が掘ったか、それが知りたいな」

「亥助という男が見えませんか？」

「うむ。二十五になる手代だそうだが、今朝から姿が見えねえ。土まみれの半蔵の手にも鍬を握った痕《あと》があるが、半蔵だけが穴を掘ったのか、亥助も一緒にやったのか、その辺のところがまだ判断がつかねえ」

半蔵の死骸を調べたとき、その両手の掌《てのひら》に鍬の柄を握った痕があったのは平造にも分っていた。土が付いているだけに、それが歴然と知れるのである。

何のためにこんな穴を掘ったのか。誰かが半蔵の顔を土の中に突っ込んで殺すだけの目的だったら、こんなに大きく掘ることもない。もっと小さくて浅い穴でもよいのだ。穴の中に娘が倒れていたというから、下手人は娘も殺して半蔵の死骸と一緒に埋めるつもりだったのかもしれぬ。

だが、それにしては穴の大きさが狭いのだ。二人の人間を埋めるにはとても無理である。もっとも、掘っているのは途中までで、完成したものではない。

「蔵の中を見てもらおうか」

と、次に河村が言った。

この二棟つづきの蔵はその裏側を堀の水に影を映しているので、橋や道を通るとき、平造もよく知っていた。正面から近く見るのは初めてだ。

うしろから、この家の主人の庄兵衛が蒼《あお》い顔をして現われた。

「ご主人、とんだことが出来ましたね」

と平造が声をかけた。

「へえ、もう、まるで夢のようでございます」

「何ともお気の毒なことで、言いようもありません。ですが、わたしたちは一刻も早く下手人を捕まえて、いやな噂の立たねえようにしたいと思いますから、何でも匿《かく》さないで言って下さい」

「へえ、そりゃもう……」

庄兵衛は頭を下げた。

「平造、この中を見てくれ」

と、河村が促した。

白壁には朝の冬陽が冷たく吸われている。入口の戸は厚い樫《かし》の二枚戸で、継ぎ目には頑丈な金具がはまり、鋲《びょう》が打ってある。しかし、大きな錠ははずれていた。

「はじめは錠がきちんと外からかかっていたが、今朝になって岩吉を探しに入るとき、主人が合鍵《あいかぎ》で開けたのだ」

と、河村は言った。

「では、殺した人間をこの中に入れ、外から戸を閉めて鍵をかけたわけでございますね？」

と平造は訊《き》き直した。

「そうだ」

説明によると、今朝の大騒動のさなかに岩吉と亥助の姿が見えないことが分った。主人の庄兵衛は、自身番に届けることも忘れてすぐに二人の行方を探した。穴が蔵の前に掘られているので、もしやと思い、主人は蔵の錠前を合鍵で開けた。この錠の鍵は岩吉が一つと庄兵衛が一つ持っている。岩吉が鍵を持っているのは、彼が蔵の品物の出し入れを主にしていたからだという。

真暗な蔵の内に提灯《ちょうちん》をともして入ると、岩吉は夥《おびただ》しい花莚《はなむしろ》や畳表を巻いた中に俯伏せに倒れていた。

庄兵衛は仰天したが、岩吉がこんな姿になっているので、亥助も同じ運命になっているのではないかと暗い中をなおも探したが、亥助の死骸は出てこなかった。

平造は蔵を検《あらた》めるように見上げた。上のほうに通風孔の役目をしている窓が付いているが、どこの蔵もそうであるように、これは厚い金の板でぴたりと内側から閉められている。その上、金棒が二本も挟まっていて、人間の身体をすべりこませる隙間はなかった。

蔵の中に入る場所といえば、この入口しかないのだが、それは厚い戸が閉められて、外から鍵がかかっていた。

してみると、岩吉は下手人と一緒に自分の鍵で錠を開け、蔵の中に入り、そこで絞め殺され、下手人だけが外に出たのであろう。

その入口の戸は下手人が閉め、錠前をかけて去る。——こういう推量しかないのだ。

いま、その錠前の鍵がはずれたままになっているのは、岩吉を探すために主人の庄兵衛が合鍵で開けたからだ。

提灯がともされ、平造は蔵の中を改めた。

三

岩吉は、その蔵の中で俯伏せに横たわっていた。備前屋は畳表、花莚、茣蓙《ござ》などの問屋だから、そういう商品が蔵いっぱいに詰めてある。死体の位置は、入口から商品の積んだ間を行って、やや奥まったところだ。死骸の上には、厚く巻いた畳表が一つ、倒れていた。

提灯の灯を死体の首に近づけると、俯伏せになった首には一本の麻縄が巻きついていた。

「この縄はこちらのものですかえ?」

と、平造はうしろに慄《ふる》えている主人の庄兵衛に訊いた。

「うちのものだかどうか分りませんが、わたしのほうで使っている荷造用の縄と同じでございます」

おそらく、この家のものであろうと平造は判断した。

「雇人では、この岩吉さんが蔵の鍵を持っているわけですね?」

「へえ、そうです」

平造が死人の袂《たもと》にふれると、音がした。取出してみると、まるい環に差した鍵だった。錠前が太いだけに鍵も大きい。

「これでございますね?」

と、庄兵衛に見せると、彼はうなずいた。

平造はもう一度死体を検め、今度は俯伏《うつぶ》せになった顔を起して提灯の光に照らした。二十三の岩吉は眼を剝《む》いたまま息が絶えていたが、死人のせいだけでなく、生きているときから色白の顔のようだった。鼻も細くて隆《たか》い。平造は、その顔を元の通りに置いた。

「平造、大体、それくらいでいいか？」

と、河村治郎兵衛は立ったまま訊いた。

「へえ、わっちは納得いたしました」

「そうか。では、あとから死骸を取片付けにこさせる。平造、おれはこれで帰るから、あとから屋敷に来てくれ」

河村は同僚と一緒に先に帰った。奉行所の同心として無責任のようだが、下に腕利きの岡っ引がいると、なまじっか口を出すより、その男に全部任せたほうが効果があるのだ。あとは、同心がその岡っ引の報告を聞いて判断し、適当な指図をする。

「えらい災難でしたな」

と、平造は庄兵衛と一緒に蔵を出た。庄兵衛は怖ろしそうに、穴の横に死んでいる半蔵の死骸から眼を背けた。

「ご主人、そこにある鍬《くわ》はお宅のものでしょうな？」

平造に訊かれた庄兵衛は、仕方なしに死骸の脇に置いてある鍬に眼をやった。

「へえ、たしかにわたしのほうのものでございます」

「この穴をおまえさんは昨日見ていませんね？」

「昨日までは無かったものでございます」

「分りました。それじゃ、向うに行ってゆっくりと話を聞くことにします」

平造は庄兵衛を促し、座敷に案内してもらった。手を洗わせてもらうために裏口に回ると、女中三人が竦《すく》んだように立っていた。

「おめえさんたちもびっくりしなすったろう？」

と、平造は愛想よく言った。三人の女中はみんな蒼い顔をしていた。

「おめえさんたち、死んだ半蔵さんと岩吉さんの仲がよかったかどうか知らねえかえ？」

三人の女は顔を見合せたが、怖ろしいのか返事はしなかった。

「この中でいっとう古いのは誰かえ？」

「あたしです」

と、やはり一番年取った女が仕方なさそうに名乗り出た。

「おめえさんの名は何という？」

「お秋《あき》といいます」

「お秋さんか。いい名だ。ここにはどのくらい奉公なすってるかえ？」

「はい、もう、そろそろ五年になります」

「一口に五年と言っても、同じ家に奉公したのだから辛抱強い。さぞかしご主人夫婦はいい人にちげえねえ。そうだろうな、お秋さん？」

「はい、仏さまのようなお方でございます」

「そうだろう。その仏さまのような庄兵衛さんにくらべて、使われている番頭や手代たちはちっとばかり性質《たち》がよくねえようだったな」

平造が言うと、お秋もほかの女中も黙っていた。彼はそのまま座敷に戻った。

「お待たせしました。仏をいじったので、手をきれいにしてきましたよ。いや、われわれは因業な商売で……」

平造は腰の筒を抜いたが、庄兵衛は怯《おび》えたように、彼が煙管《きせる》の先に火をつける間も黙然としていた。

「そこで、ご主人。さっき旦那《だんな》方のお話で、亥助さんという手代が今朝から姿が見えねえそうですが、どこに行ったか心当りはありませんかえ？」

庄兵衛は、ようやく首を振った。

「それはお役人にも訊《き》かれましたが、亥助はわたしが備中高梁《びっちゅうたかはし》のほうから連れてきました男で、江戸には親戚《しんせき》も知り合いもございません」

「ここにはどのくらい勤めておりました？」

「もう、かれこれ十年近くなります」

「今が二十五だから、十五の年に丁稚奉公に来たわけですな。それじゃ子飼いだ。ついでに、殺された半蔵と岩吉、残っている清七の人別改めをいたしますかね」

「半蔵は、これも十五のときに参りまして、今年で十二年勤めております。やはり備中庭瀬《にわせ》の在でございます。岩吉は備中足守《あしもり》というところから来ておりまして、これはまだ六年にしかなりませぬ。手代の清七は十三年で、亥助と同じように高梁の在です」

「みんな郷里から呼んだわけですね。してみると、殺された二人も江戸には知辺《しるべ》がなかったわけですな？」

「はい、そうです」

「半蔵、岩吉、いま行方の知れねえ亥助、残っている清七、この四人の日ごろの仲はどうでしたかえ？」

「四人とも仲よくやってくれました。みんな同国の者ばかりなので、気が合っておりました」

主人としてはそう答えないわけにはゆくまいと、平造はひそかに思った。

「その中で亥助が一人、居なくなっている。今のところ、逐電《ちくてん》しているからには亥助が岩吉と半蔵を殺《あや》めたことになりそうですが、おまえさんの見込みはどうですか？」

平造は吐月峰《はいふき》に煙管を叩《たた》いた。黙っていた庄兵衛は、その音におどろいたように顔をあげた。

「親分に申しあげます。亥助は決して左様なことをする男ではございません。四人の中で、実はわたしはあれに一番見込みをかけておりましたので。行末は……」

と言いかけて庄兵衛は口を閉じた。平造はその最後の言葉を聞き咎《とが》めた。

「行末はおめえさんところの一人娘お露さんと一緒にするつもりだったんですね？」

「はい、左様でございます」

と、庄兵衛は力なくうなだれた。

「ご承知のように、昨日は報恩講で、昨夜も仏壇の前にみなを集め、亥助とお露とが来年の春に一緒になると言い渡したところでございます」

「なるほど、一昨日から報恩講でしたな。どうも寒いと思っていたら、報恩講が来ましたかね。信心のねえわっちらは、どうも精進が悪くていけねえ。それで、なんですかえ、亥助とお露さんとが来年の春夫婦になることは、半蔵、岩吉も、清七も前から知ってのことですかえ？」

「はい。何といっても半蔵は番頭、岩吉は新参ですが、清七は亥助よりも古い手代です」

「おや、その辺で足音がしているようだが、あれがその清七さんではありませんかえ」

平造がわざと大きな声を出したので、おどろいたように隣の間から足音が遠のいた。

庄兵衛はびっくりして眼をあげた。その顔に平造はせせら笑った。

「どうも岡っ引が来て一家のご主人と話し込んでいると、雇人は何かと気を遣うものですね。それで、清七の年はいくつですかえ？」

「三十になります」

「三十。まだ世帯《しょたい》は持ってないわけですね？」

「はい、独り身でおります。今度亥助を後継ぎにすれば、番頭の半蔵にのれんを分けてやり、清七を番頭にするつもりでおりました」

「なるほど、聞いてみれば、来年の祝言を境に結構ずくめのことが考えられていたんですね。その鼻先にこの騒ぎが起った。どうも、ご主人、世の中は結構ずくめでうまく運ばねえようですね」

「わたくしども夫婦は長い間一向宗の信者でして、こういうように商売繁昌《はんじょう》するのもご仏縁だと、いつも朝晩念仏を欠かしませんでしたが、どういう前世の因縁か、とんだことになりました」

庄兵衛は首うなだれた。

「いやいや、それだけ信心が篤《あつ》ければ、またご仏縁に恵まれるということもありましょう。ところで、お露さんがあの穴の中に倒れていなすったということだが、それを見つけたのは誰ですかえ」

「はい、今朝、小僧の勘吉、これは十六になりますが、いつものように早起きして裏庭に出たところ、今度の有様を見たのでございます。わたしはてっきりお露が自分の居間に寝ているものと思っていましたので、いや、もう、胆を潰《つぶ》しました」

「そのお露さんは、いま、どうしていなさいますかえ？」

「医者の手当てを受けて、別の間に寝かせてあります。おかげで命だけは助かったようで、これだけはほっとしております」

自分の娘が助かった庄兵衛は、正直なところを言った。

「お露さんは、何で真夜中に家を抜けて、その穴の中に落ち込んだか分りませんかえ？」

「はい、まだ何にも申しません。なにぶん、気が昂《たか》ぶっておりますから」

「いや、わたしが訊くのは、お露さんを誰かが連れ出して穴の中に投げ込んだんじゃねえかということですよ」

「さあ」

と、庄兵衛は落ち着かない眼になった。

「もし、お露さんをそういう目に遭わせるとしたら、雇人の中に誰か心当りがありますかえ？」

「いいえ、それは一向に」

庄兵衛は不安そうに首を振った。

四

番頭の半蔵は土蔵の横の空地に掘られた穴の中に首を逆さまに突っ込んで窒息死をしている。その穴の中にはお露が半死半生の体《てい》で落ち込んでいた。さらに、その蔵の中には手代で一番若い岩吉が縊《くび》り殺されている。その上、お露と来春夫婦になるはずだった亥助は、行方を晦《くら》ましている。――

こういうふうにまとめると、当然、逃亡している亥助が一番怪しいことになる。同心の河村も亥助を探索するようにと平造に命じている。だが、才能を見込まれて一挙に主人の後継ぎになるはずの亥助が、なぜ、半蔵と岩吉を殺さねばならなかったのか。お露を穴の中に突落したのが亥助とすれば、出世の唯一の手づるのお露を、なぜ、そんな目に遭わせたのだろうか。

さらに、裏庭に穴を掘ったのは半蔵だろうか、亥助だろうか。それとも両人が一緒に掘ったのか。亥助とすれば、その掘った穴に半蔵の首を突っ込ませるためだったのか。同心河村治郎兵衛の説明でも、半蔵の死骸は穴の縁から中に向って突っ込んだような姿勢で倒れていたという。力の強い者が有無を言わさず半蔵の首根っこを抑えて押しつければ、出来ないことはない。

一方、土蔵の中の岩吉は、見たところ色白の弱そうな男だった。これは力の強い男に遇《あ》えばひとたまりもなく絞殺されそうである。

「亥助さんは頑丈な身体つきでしたかえ?」

と、平造は庄兵衛に訊いてみた。

「はい、田舎の生れでございますが、亥助と半蔵は特に体格がすぐれておりました。力の強さからいえば、半蔵のほうが亥助よりも上だったようでございます。なにしろ、あの男は、重い畳表の巻いたやつを一どきに三つも担ぎ上げるような男です」

そうすると、平造の推測は少し狂っている。亥助が半蔵よりも強かったら、半蔵が彼に抑えられて穴の中に顔を突っ込んだと分るが、力の弱い亥助に半蔵が負けることはない。

半蔵は酔っていたのだろうか。

「半蔵さんは酒は好きでしたかえ？」

「はい、まず好きなほうでした」

「うむ。そうすると、昨夜も飲みましたかえ」

「いいえ、昨夜は、先ほど申しましたように報恩講のため、みんなにお斎《とき》の膳《ぜん》を出し、そこで同じように、みんな一本か二本ずつ飲ましたように思います。岩吉と亥助、清七の三人はあまり飲めませんので、二つの銚子《ちょうし》を空けたのは半蔵だけでございます。でも、なかなか、それくらいで酔う男ではございません」

「そうですか。ちょいと半蔵さんのいつも寝ている部屋を見せてもらいましょうか」

庄兵衛は承知して起《た》ち上った。大きな家だけに四人の番頭、手代には四畳半ぐらいの部屋を一つずつ与えている。小僧の三人は、一部屋に一緒だった。

平造は番頭と手代の四人の部屋を見たが、昨夜から敷いた蒲団《ふとん》に寝た形跡のないのは半蔵と岩吉と亥助だった。清七だけは今朝まで寝て蒲団は押入れの中に入れたと言っている。半蔵、岩吉、亥助の三人はまだ寝巻に着更《きが》えていなかった。事実、半蔵と岩吉の死体は普段着であった。

問題は、この兇行《きょうこう》の時刻である。主人の説明によると、報恩講の宴がお開きになったのが、大体、六ツ（午後六時）を回っていたという。蒲団の具合からみて、半蔵、亥助、岩吉の三人はそのあともずっと起きていたのであろう。これは早く床に入ったという清七に訊けば、分るに違いない。部屋が違うといっても清七は岩吉の隣室だった。

平造は何を思ったか、半蔵の部屋で四つん這《ば》いになり、舐《な》めるように畳に顔をつけた。

「やっぱり半蔵は昨夜酒を飲んでいますね」

と彼は起き上って庄兵衛に言った。

「ここに酒の匂いが残っています。魚は何か鍋《なべ》もののようですね」

「それはわたしは存じません。なにしろ、四人が自分の部屋に戻れば、もう、わたしの目は届きません。その辺はあんまりうるさく言わないことにしています」

庄兵衛は答えた。

「なるほど、それでなくては奉公人も窮屈で仕方がないでしょうな」

彼は岩吉の部屋にも行って畳を嗅《か》いだが、そこには何の臭いもなかった。清七の部屋にもなかった。しかし、亥助の部屋の畳を嗅いだとき、

「おや、ここにも魚の匂いがしますね。意地汚ねえような話ですが、酒の匂いはしねえようですよ」

と平造は言った。

「そうですか」

庄兵衛は返事に詰っていた。

「ご主人、昨夜は精進料理だ。こう言っちゃ信心深えあなたに悪いが、およそ精進料理というのはうまくねえものだ。亥助も半蔵もこっそり、ここで魚を煮て口直しをしたようですね」

庄兵衛は困った顔をしていた。

「その魚もどうやら鯛のようだ。その煮つけの汁がこぼれて、畳に沁《し》みこんだようですね」

平造は笑った。

「ちょいとここに、台所のお秋さんに来てもらいましょうか」

そのお秋はおどおどしながら下から上ってきた。襷《たすき》をはずして、着物を整えながら

平造の前にかしこまった。

「お秋さん。おめえさん、今朝、半蔵さんの部屋から鍋を片付けなかったかえ?」

お秋はちらりと庄兵衛の顔を見て、

「はい、半蔵さんの部屋の畳の上に、鍋と、小皿と、それに銚子が二本ありましたから、台所に片付けておきました」

「うむ、銚子が二本か。で、その魚は何だったかえ?」

「鯛でございました。鯛の煮つけです」

「やっぱりそうか。では、奴さん、鯛の煮つけで一杯やったというわけだな。しかし、お秋さん、昨日は報恩講で精進日だぜ。ははあ、おめえ、旦那《だんな》の言いつけに背いて、こっそり魚屋から鯛を取寄せたな」

「いいえ、滅相もございません。わたしどもはそんなことはいたしません。きっと半蔵さんがよそから買ってきたのだと思います。台所でそんなものを煮たことさえ知りませんから、わたしどもが寝たあとでございましょう」

お秋は顔をしかめて答えた。

「その魚を半蔵はいつ持って帰ったのだろうな?」

「それは知りません」

「そいじゃ、半蔵がこっそりとどこかの魚屋から買ってきて、晩まで忍ばせておいたにちがいねえ」

平造はそう言って、またお秋に訊《き》いた。

「その鍋の残りは、もう台所で始末をしたのかえ？」

「はい。ゴミ溜《ため》に投げ込んで、汁は溝《どぶ》に棄て、鍋も皿もきれいに洗いました」

「ちょいと、そのゴミ溜を見せてもらおうか」

平造がお秋の案内で台所の裏口に回ると、ゴミ溜の中には、食い荒された鯛の残りが棄てられてあった。

半蔵はこの鯛を肴《さかな》に二本の銚子を飲んだのだろう。仏前でも二本の銚子を空けている。全部でも四本足らずだ。酒の強い半蔵がそれくらいで酔って亥助にたやすくあの穴の中に抛《ほう》り込まれたとは思えない。

しかも、その穴の中に一人娘のお露が悶絶《もんぜつ》していたのだから、話はいよいよ分らなくなってきた。

平造は庄兵衛の許しをもらってお露の寝ている座敷に行った。

お露は虚《うつ》ろな眼で平造が枕元に坐《すわ》るのを見ていた。

「お嬢さんだね。わっちは神田の平造という者だが、こんだはまたとんだことになったね」

岡っ引と聞いてお露は急に怯《おび》えた顔になった。

「おっと、無理をして起きることはねえ。そのままでわっちの言うことに答えておくんなさい。……庄兵衛さん、おまえさんがそこにいてはちっとばかり娘さんに訊きにくくなる。若い娘は親の前で話したくねえこともあらアな」

庄兵衛を向うに追いやった平造はお露の顔を見て低く言った。

「お露さん、おめえ、いつから岩吉といい仲になったのだえ?」

お露は、はっとなって目を慄《ふる》わせた。

「なにも隠すことはねえ。おめえのような年ごろには誰しもあることだ。おめえは岩吉が好きになったと親に打明けねえうちに、亥助の養子をきめられたのだね?」

お露は顔を伏せた。

「おめえは気が弱くて、親には言えなかった。岩吉も言えなかった。おめえたち二人は、前から蔵の中で逢《あ》っていたな?」

平造はおだやかに言った。

「岡っ引がこんなことを訊いていると思っちゃいけねえ。物分りのいい叔父《おじ》さんが事情をたずねていると思ってくれ。殺された岩吉は色白のいい男前だ。番頭、手代のなかで一番若えし、やさしそうだ。同じ屋根の下にいい男といい娘が一緒に暮していれば、お染、久松の芝居は知らねえでも、たいてい察しはつく。おめえ、昨夜も岩吉と蔵の中で会う約束だったな？」

お露が伏せたまま、かすかに首を動かした。

「うむ、そうだろう。報恩講の仏前で親父さんがみんなに亥助の婿入りを披露した。おめえと岩吉とは悲しくなり、どうでもそのあと逢わずにはいられなかった。いつものように、鍵を持った岩吉が先に蔵の中に入っておめえのくるのを待っていた。だから、入口の戸は少し開けてあった。……ところが、そこへ入ったのはおめえでなく、別な男だった。その男が岩吉を絞め殺したのだ……」

お露は泣き出した。

「おめえが蔵の中に行くのが昨夜《ゆうべ》だけは遅れたのだ。遅れたから、その男が岩吉を殺すことができたのだ。……可愛い男が待っている蔵に行くのが遅れたのは、おめえにはよっぽど抜きさしならねえ用事が出来たからだろう。さあ、その用事というのを話してくんな。いや、だれがその用事をつくったのか言ってくれ。えい、泣いていちゃ分らねえ。おれはおめえの敵《かたき》をとってやるのだぜ。しっかりするのだ」

平造は、お露の声をじっと待った。

五

岡っ引の平造は、泣き伏しているお露を問詰めた。

お露は番頭の亥助という親がきめた婿の候補がありながら、手代の岩吉と出来ている。媾曳《あいびき》の場所が蔵の中だった。その蔵の中で岩吉が絞め殺されているのだから、もし、そのとき、蔵にお露が来合せていれば、この犯行は成立たない。

男女が媾曳する場所、およその時刻は打合せている。だから岩吉を殺した下手人は、お露が岩吉と示し合せた時刻を遅らせるためにも、そこに何か突発的な用事を作り、お露を家の中に留め置いた、と考えられる。この時刻のズレが犯行の時間だと、平造は読んでいるのだ。

では、お露を媾曳に遅らせた用事というのは何か。

平造は、お露が口を開くのを待っていた。

「黙っていちゃ分らねえ」

と、平造は、まだ俯伏《うっぷ》しているお露に言った。

「何度も言う通り、おれはおめえの可愛い男を殺した仇《あだ》を取ってやるのだ。何もかもありのままに言ってくんな」

お露が泣声をやめた。彼女は、それから頭を少し上げて、

「わたしに用事があると言ってきたのは清七でございます」

と、まだしゃくり上げながら言った。

「うむ、やっぱり清七か」

平造はうなずいた。

半蔵、清七、亥助、岩吉と、この家には番頭、手代の四人がいる。そのうち無事に残っているのは清七だ。お露の婿になるはずの亥助は逃走したままである。

「おれも大体、その辺の見当だと思っていた。で、その用事ってえのを聞く前に尋ねるが、亥助と清七とは日ごろから仲がよかったかえ？」

「はい、特別によかったとは思いませんが、清七は誰ともよくつき合っていました」

お露はいくらか正気になって答えた。

「そうか。清七は気の弱い男のようだな」

「根がお人よしなんです。それで、古くから居るのに、あとからきた人間に先を越されたのです」

「そうだろう。はっきり言えば、少しばかり知恵の廻《まわ》りが遅いというわけだな。だから、自分より下の者が番頭になっても、それほど腹を立てねえでいるのだな」

「そういうところはあります。ですから、特別に亥助とよいというわけでもなく、半蔵とも、岩吉とも仲よくしておりました」

「よし、それだけ聞けばいい。次はいよいよ肝腎《かんじん》なところだが、その清七はおめえに何と言ってきたのだえ?」

「はい、岩吉が用事があるから、表のほうにそっと出てくるように、と言ったのです」

「ちょいと待ってくれ。おめえは、岩吉と約束して蔵の中で会うことになっていた。その岩吉が、清七を使いにしておめえと別な場所で会いたいというのは、ちっとばかり妙だな」

「はい、わたくしも初めそう思いました。でも、岩吉になにか差支えが出来て、急に蔵の中に行けないような事情にでもなったのかと思ったのです。それに使いが清七ですから、つい疑いませんでした」

「それで、おめえは清七の言いなりになって岩吉を探したのか?」

「そうです。てっきり岩吉が表のほうに待っていると思って、そっと出て行きました。でも、いくら探しても居ませんから、また家の中に戻りました」

「そのとき清七は家に居たのか?」

「はい、おりました。それで、わたくしも清七に岩吉は外に居ないよと言うと、変な顔をして、じゃ、ほかのところに居るのかも分りませんから、今度は自分が探してきます、と言って出て行きました」

「その間、おめえは家の中にじっとして居たのか」

「はい、清七が言うことですから、まさか嘘ではあるまいと思い、岩吉を見つけて帰るまでじっとしていたのです」

「清七はすぐ帰ったかえ？」

「しばらくして戻りました。そして、どうしても分らない、不思議だと、自分でも首をひねっていました」

「そこで、おめえは蔵の中に行ったわけだな？」

「やっぱり蔵の中だと思ったからです」

「おめえがそうして清七に引留められたのは、どのくらいの間だったかえ？」

「わたしが外に出て探したり、入れ違いに清七が出て行ったり、その帰るのを待ったりしたのを入れて、かれこれ四半刻《しはんとき》（三十分）くらいだったと思います」

それくらいの時間があれば、蔵の中で兇行《きょうこう》はできると平造は思った。

「その間、亥助と半蔵はどうしていた？」

「二人とも、自分の部屋に入っていたと思います。姿は見えませんでした」

「おめえは亥助と一緒になるように、親から言い渡されたばかりだ。おめえと岩吉の気持はわかるが、どうしておめえたちの仲を早く親に打明けなかったのだ？」

平造がきくと、お露はすすり泣いた。

「わたくしと岩吉の仲はその前からです。つい親には言いそびれたのです。それにお父さんは頑固者ですから」

「おめえたちは出来合っているので、不義淫奔《いんぽん》のようにとられると恐れて、亥助との婚話があっても言いそびれていたのだな。そして、そのまま嫌曳をつづけていたのだな」

平造にはお露の気持が分らなくはなかった。岩吉は手代だからなおさら言えなかったのであろう。

「おめえが、あの穴に落ちたのは、岩吉を探して蔵へ行く途中かえ？」

「はい、あんなところに穴があるとは知らないで足をすべらして落ち込んだのです。それきり分らなくなりました」

「ちょいと待ってくれ。じゃ訊《き》くが、そのとき、その穴の中に半蔵が頭を突っ込んで死んでいたのは知らなかったのだな？」

「はい……」

「はいだけじゃ分らねえ。おめえはその姿を見たのか?」

「なにぶん、昨夜は月がなくて真暗な晩でしたから」

「じゃ、見なかったというよりも、死体はあったかもしれねえが、暗闇で分らなかったというわけだな」

「はい」

「そうか。そして、おめえがその前に裏庭を見たのは昨日の何刻《なんどき》だ？」

「夕方、お斎《とき》に行くときに見ました」

「そのときは庭に穴はあいてなかったな？」

「はい、何も変ったことはありませんでした」

　平造は腕を組んで考えていた。

「それじゃ訊くが、おめえほどの器量だ、さぞかし惚《ほ》れたのは岩吉だけじゃあるめえ。婿に選ばれた亥助もむろんのことだが、穴の中に首を突っ込んでいた半蔵も、おめえに心を寄せていたのだろう？」

　お露は返事をしないで枕に突伏《つっぷ》した。

「そうだろう。それで、おめえの婿に決った亥助はおめえが岩吉と出来合っているのを知っていたかえ?」

お露はそれに返事をしなかった。だが、それは平造の質問を肯定していた。

「よし。それなら訊くが、亥助はおめえに岩吉とのことで苦情は言わなかったかえ?」

「いいえ……」

彼はそれでひとまずお露の傍から起《た》った。それから裏側に回って土蔵のある庭に出た。半蔵の死骸《しがい》は取片付けられているが、穴はそのままになっている。岩吉の絞殺死体のあった蔵も不気味な感じで白い壁を陽に曝《さら》していた。奇妙に静まり返った午近《ひる》くである。

平造が腕を組んで佇《たたず》んでいると、子分の弥作が傍に寄ってきた。

「親分」

「なんだ?」

「ここの娘のお露を調べて、ちっとは見当がつきましたかえ?」

「まだ何にも分らねえ」

平造はじろりと弥作を見て、

「おめえ、おれがお露にいろいろ訊いているのを聞いていたな?」

「済まねえ、済まねえ」

と、弥作が頭を掻《か》いた。

「あんまり気になるので、実は七段目の大野九郎兵衛《くろべえ》をきめこんでおりやした……。それで分ったのですが、やっぱりわっちの考え通りでした。どいつもこいつもみんなお露を狙っていた。お露はこの家の一人娘で、番頭も手代も色と欲とで眼を光らしていたわけですね」

「うむ」

「そこへ岩吉が抜け駆けでお露を掻攫《かっさら》ってしまった。半蔵と亥助が岩吉を憎むのは人情だ。ことに主人から婿のめがねに叶《かな》った亥助は、岩吉を憎んだに違いありません。亥助は、お露と岩吉とが蔵の中で媾曳しているのを知っていたでしょうね？」

「うむ。お露は言わなかったが、同じ屋根の下だ。亥助が知らねえわけはねえ。その亥助は逃げている」

「親方、亥助は何で逃げたんでしょうね？　あいつは岩吉という手代にお露を奪《と》られているが、やがて、この家の婿におさまるはずだ。してみれば、この備前屋の財産は自分のものになる。お露も祝言してしまえば歴《れっき》とした自分の女房。今のところは、岩吉とお露の仲を眼をつぶって我慢していればいいわけですがね」

「それはそうだが、婿になる亥助としてみれば、女房になるはずのお露が岩吉と土蔵の中で媾曳をしているのが我慢ならねえに違いねえ」

「すると、親分、やっぱり亥助が岩吉を殺したんですかねえ？」

「さあ、そこだ。本来ならそう持って行きてえところだが、おめえの言う通り、亥助はこの家の婿になる男だ。現に昨夜《ゆうべ》もお露の両親がみなを前に披露したくらいだ。あいつは、目先の嫉妬《しっと》に狂って岩吉を殺して逃げてしまえば、むざむざと宝の山を取逃すようなものだ。おれにも何で亥助がそんな気になったか分らねえ。……しかし、岩吉を殺したのは亥助とは限らねえとも思っている」

「そうですね」

「ところで、弥作。逃げた亥助の手配は出来てるだろうな？」

「八丁堀の旦那《だんな》方が江戸中の目明しに下知をなさっています」

「おれの足もとから起ったことだ。ほかの縄張で亥助が挙げられるようなみっともねえことのねえように、しっかりやってくれ」

「それは大丈夫です。わっちからほかの者にも親分の気持を言って、抜け目なく手配りしております。……ですが、岩吉の頸《くび》を絞めたのを亥助とすれば、半蔵の野郎が穴の中に首を突っ込まれているのは、どうも合点がいかねえ。もし、亥助がやったとすれば、半蔵を味方にいれて岩吉を二人がかりで殺し、半蔵の口を封じるためにこいつも殺したと思われますが、肝腎《かんじん》の亥助は半蔵より力が弱いときている。これがどうもこっちの手順を狂わせますね」

誰の考えも同じとみえて、実はそのことで平造も弱っているのだった。

六

「親分、お露は蔵の中で待っているはずの岩吉を探しに行く途中、中庭に掘られている穴の中に落ちて気を失ったと言っていましたが、その穴には半蔵が死んでいる。わっちの分らねえのは、その穴がいつ掘られたかということです。お露が庭を最後に見たのが夕方で、そのときは何も掘ってなかった。ところが、清七に言われてうろうろしている間にその穴が出来たとすれば、おそろしく短い間に掘られたものですね」

「うむ、お露がうろついたのは四半刻だったそうだ」

「あの穴は、そんな短い間に掘れますかね？」

「それだ、おれもよっぽど力の強え奴が掘ったと思っている。やっぱり穴を掘ったのは半蔵かな」

「半蔵ですって？　半蔵はてめえの掘った穴の中に首を突っ込んで殺されていたんで

すぜ」

「亥助の力だけじゃ、どうもあの穴は出来ねえようだな」

「じゃ、亥助と半蔵とが力を合わせて穴を掘り、そのあとで亥助が油断を見澄まして半蔵をうしろから穴に突っ込んだのですかね。……いけねえ、それじゃ力の強い半蔵が亥助にむざむざ殺《や》られることはねえ。また振り出しに戻りましたね」

「じゃ、何のためにあの穴は掘ったのだ？」

「そう訊《き》かれると一言もねえ。そいつはさっぱりわっちにも分りません」

弥作は参ったが、何かを思いついて別なことを言った。

「親分、穴の掘られた訳は別としても、その穴の中にお露がひっかかって落ちて気絶したというのは、どうも眉唾《まゆつば》のようですね」

「うむ、おめえもそう思うか」

「どうも時刻からいって寸足らずのようですね。お露が助けられたのは夜が明けてからだ。だが、蔵の中に忍んで行ったのは報恩講のお斎の膳《ぜん》が済んでしばらくしてからです。もっとも、その間に清七の言いつけで岩吉をうろうろ探していますがね。それにしても、えらく長い間穴の中に気を失って倒れていたものですね」

「うむ」

べつに意見は言わなかったが、平造も弥作と同じ疑問を持っていた。たしかにお露が倒れている時間が長すぎる。

「どうもこれにはもっと裏がありそうですね。第一、清七が岩吉から頼まれてお露をうろうろさせたというのは作りごとだ。あれは誰かに頼まれたのです。清七をしょっ引いて泥を吐かせれば、だんだん分りますね」

「弥作、どうせ順序だ。ひとまず、そうしてみるか」

「合点です。どうもわっちは、あの清七というううすのろを装った野郎が気に食わねえ。わざとあんなふうに見せかけて、存外悪党かもしれませんぜ」

「待て。おめえがやるよりも、おれが直々《じきじき》に訊いてみよう。こっちに呼んでくれ」

「親分直々の調べにこしたことはねえ。すぐ引張ってきます」

清七は、やがて弥作に伴われて平造の前におどおどしながら現われた。平造は、ほかの雇人の眼につかないように、彼をそっと蔵の陰に引入れた。

清七は、初めから目玉をきょろきょろと動かし不安そうに平造の前にうずくまった。

「清七さん、おめえ、昨夜、お露さんに岩吉さんが表に待っていると言ったそうだな?」

いきなり核心にふれられて清七は蒼《あお》い顔をさらに蒼くした。

「へえじゃ分らねえ。こっちはお露さんから聞いているのだ。匿《かく》さずに言ってくれ」

清七は小皺《こじわ》の寄った目尻《めじり》に泪《なみだ》を溜《た》めた。

「親分さん、まさかわたしが疑われてるんじゃございますまいね？」

「何を言うんだ。いきなり人を疑やしねえ。一応事情を聴くのがおいらの商売だ。それとも、おめえは疑われても仕様のないことをしたのかえ？」

「いいえ、そういうわけじゃございません。お露さんが言ったなら仕方がありませんが、たしかにわたしは岩吉さんに頼まれて、表で待っているから、そっちに出てくるようにとお露さんに言いました」

「それで、岩吉が居ねえのでお露さんがさんざん探し、そのあとおめえも探しに出たわけだな？」

「へえ」

「それを頼んだのは岩吉じゃあるめえ。ほかの者がお露さんにそう言ってくれとおめえに言ったはずだ。死人に口無しと思って、岩吉が言ったことにするのは拙《まず》かろうぜ」

「へえ……」

清七は身体を慄《ふる》わしていた。

「やい、見え透いた嘘をつくと承知しねえぞ」

と、横から弥作が気合を入れた。

「親分がおとなしくお尋ねになってるのをいい気に取っていると、とんでもねえぜ。おめえのような野郎は、ちっとばかり痛え目に遭わせねえと咽喉《のど》の穴があかねえようだな」

清七は弥作におどかされて縮み上った。

「まあ、そうがみがみ言うな。なあ、清七さん、本当は誰がおめえにそう言わせたのだ？　亥助かえ、それとも半蔵かえ？」

「…………」

「うむ、おめえ、黙ってるところをみりゃ、ただの義理だけじゃねえようだな。おめえ、いくらか貰《もら》ったな？」

清七がはっとしたように肩をぶるんと慄わせた。

「金を貰っていりゃ下手人と同罪だぜ。つまらねえ義理立てをしねえで、正直に吐いたらどうだ。自分の身が可愛ければ、そのほうがためだろうぜ」

清七は首をうなだれた。

「親分さん、嘘を言って済みませんでした。ご推察の通り、わっちは亥助さんから、そのことを頼まれました」

「やっぱり亥助か。それに間違いねえだろうな？」

「はい、もう決して間違いはありません」

「それで、亥助からいくら貰った？」

「へえ……」

清七はためらっていたが、

「二分《ぶ》です」

「たった二分か。おめえ、その二分で危なく首が飛ぶところだったぜ」

「親分さん、わっちはただそう頼まれただけです。何にも訳は分りません。どうぞ、ご慈悲を願います」

「それが正直なら、おれにも考えはある」

「どうぞ、助けておくんなさい」

「そいじゃ訊くが、お露さんには婿になる亥助も半蔵も惚《ほ》れていたな？　おめえ、今度のことだけでなくて、亥助からときどき金を貰ってはお露さんを亥助に会わせるように細工をしたこともあるだろう？」

「はい。こうなっては一切を申します。ときどき、亥助さんが一人でいるところにお露さんを呼んでくるように頼まれたことがあります。けど、肝腎《かんじん》のお露さんのほうで婿になるはずの亥助さんの言うことを聞かないので、いつもしくじりでした」

「おめえ、岩吉とお露さんがいい仲になっていたのを知っていたかえ？」

「うすうすは知っていました」

「うすうすか。土蔵の中で両人《ふたり》が逢《あ》っていたのは気づいていたか？」

「いいえ。それは知りません」

平造はじっと清七の顔を見ていたが、

「おめえもお露さんに惚れていたな？」

と笑いかけた。

「えっ」

清七の顔は見る間に赧《あか》くなった。

「どうも清七も臭いようですね」

と、清七を去らせてから弥作は平造に言った。

「うむ、ちっとばかりおかしなところもあるが、まあ、いま言ったことに嘘はねえようだな」

「それに亥助に頼まれたというのもどうだか分りませんぜ。親分が図星を指したように、清七も負けずにお露に惚れていた。ああいう野郎はほかの三人と太刀打ちできねえから、お人よしのように見せかけて、案外陰でこそこそと策略をめぐらしていたかも分りません」

「まあ、清七もすっかり白くなったわけじゃねえ。野郎が逃げねえように十分に見張ってくれ」

「合点です」

このとき別な子分の亀吉が走りこんできた。亀吉はほかの子分と一緒に、逃げた亥助の探索にかかっていた。

「親分、えらいことになりましたぜ」

亀吉は駆けてきたのか、荒い息を吐いて言った。

「亀吉か。どうした？」

平造は訊《き》いた。

「やっと亥助が分りました」

「なに、分った？　どこで捕まえた？」

「捕まえたんじゃありません。亥助の野郎は土左衛門となって乞食《こじき》橋の下から浮いてきました」

七

平造が乞食橋へ走って行くと、もう亥助の死骸《しがい》は堀から揚げられていた。この狭い堀は備前屋の裏を流れてお城の濠《ほり》につながっている。

立っているヤジ馬を押し分けて入ると、子分の一人が平造を迎えた。

「親分、たった今、仏を揚げたばかりです」

「うむ」

平造がかけた莚《むしろ》のはしをめくると、若い男が蒼ぶくれになってこと切れていた。頭から顔にかけて泥水が真黒に付いている。

そこに、急を聞いて駆けつけてきた備前屋の女中が怖ろしそうに立竦《たちすく》んでいた。

「これは亥助に違いないかえ？」

と、平造は女中に言った。

「はい……亥助さんに間違いありません」

と女中は慄えながらうなずいた。

平造は、今度は莚を全部めくって仔細《しさい》に死骸の身体を調べた。別に創傷《きず》はない。手足の皮が剝《む》けているが、血は滲《にじ》んでいなかった。多分、この堀に落ちたとき何か当って傷がついたものであろう。が、刃物の疵《きず》もなければ棍棒《こんぼう》で叩《たた》いたような痕《あと》もない。頸《くび》を絞めた様子もなかった。

平造は、子分の一人を八丁堀に走らせ同心の河村に来てもらうように伝え、現場の警戒は町内の者に頼んで、また備前屋に引返した。

備前屋の主人庄兵衛はおろおろして平造の顔を眺め、

「亥助が死骸になって川に浮いていたそうでございますね」

と、真蒼になっていた。

「お気の毒だが、旦那《だんな》、おめえの決めたお婿さんも、何だか知らねえが川にはまったようですね」

「いま報《し》らせを受けて仰天しているところです。亥助は誰に川へ突落されたのでしょうか？」

「突落されたか、自分で身投げしたか、まだ分りません」

「親分さん、わたしは訳が分らなくなりました。いっぺんに番頭や手代三人がこんな情ない有様になって、誰か備前屋を恨む者の仕業でしょうか？」

と、さすがの老主人も取乱していた。

「お露が可哀想です。昨夜、みんなの前で婿の披露をしたばっかりなのに……」

と、お露の母親も嘆いている。この両親は、お露と岩吉とが出来合っていることは全く知っていなかった。平造も気の毒になって、今はそれ以上のことが言えなかった。

平造は、備前屋の夫婦を相手にしても仕方がないので、

「旦那、どこか静かな部屋を貸しておくんなさい。どうも、こう糸がこんぐらかってはひとりで考えてみてえのでね」

と言うと、

「へえ、それなら、茶室でもどこでもお使い下さいまし」

「茶室なんざこっちの性に合わねえ。かえって落ち着かなくて考えがまとまる段じゃねえ。もっと粗末な部屋はありませんかえ？」

「それなら、親分がお差支えなかったら、二階の半蔵や岩吉が寝ていた部屋がございます」

「そうだな。じゃ、ちょいとそこを借りますよ」

と、平造は夫婦の傍から離れた。

二階に上ろうとしているところで、子分の弥作とまたばったり顔を合わした。

「親分、こいつはいよいよ訳が分らなくなりましたね。まさか亥助が堀にはまって死

んでいようとは思いませんでした」

「うむ、おれも同じことだ」

「亥助の野郎は逃げたとばかり思っていましたのに、親分、亥助は誰に堀へ突落されたんでしょうか？」

「おめえの言うようなことを、いま、この家の主人に訊かれたばかりだ。亥助を突落すとすると、誰がいる？」

「へえ、そうですね、岩吉は蔵の中で絞め殺されているし、半蔵は穴の中に首を突っ込まれて殺されているし、どうも面妖《めんよう》です。まさか清七じゃねえでしょうね？」

「清七にはそんな知恵はねえ。それに、仮りに企《たくら》んだとしても、清七ひとりで三人も殺せるわけはねえ」

「じゃ、どうなんでしょう？　まさか、この家以外の人間が入って三人をばたばた殺したというわけじゃねえでしょうな？」

「天狗《てんぐ》でも舞い込んできたのかもしれねえな」

「え？」

「弥作、そう横から煩《うるさ》く言われねえで、ちっとばかりおれにもひとりで考えさしてくれ」

「へえ」

平造は二階に上った。前に半蔵、亥助、岩吉、清七といった番頭、手代の寝ていた部屋を見ているので勝手は分っている。平造は、つい足を亥助の部屋に入れた。彼は裏の障子も閉めて、つくねんとそこに坐《すわ》った。部屋の中は何の飾りもない。独り者の男が寝起きしているにふさわしい殺風景さだった。階下では人の騒ぐ声がしている。亥助の死骸が運び込まれたのかもしれなかった。

だが、平造はそれを見に行こうともせず、腕組みをした。

もし、亥助が誰かに堀へ突落されたとしたら、下手人は誰だろうか。その下手人が岩吉や半蔵殺しの下手人とも言えなくはない。

今までは、お露と岩吉との間を嫉妬《しっと》した亥助が岩吉を土蔵に襲撃して頸を絞めたものと思っていた。だからこそ亥助が清七を使ってお露が蔵にくるのを遅れさせたのだ。

ここまでは筋道が通っている。分らないのは半蔵が掘った穴に首を突っ込まれていることだった。なぜ、亥助は半蔵まで殺す必要があったのだろうか。岩吉殺しを見られてその口を塞《ふさ》ぐために半蔵を殺したとしても穴を掘るというような手間のかかるやり方がおかしい。いやおかしいといえば半蔵は力が強い。亥助のほうが弱いのだ。その弱い亥助が半蔵をあんな目に遭わすことはできない。

さらに、仮りに亥助が土蔵で岩吉を絞め殺すのを半蔵に見られたとしても、彼まで殺《あや》める必要はなさそうだ。金でもやって口を塞げば済むだろう。

いやいや、亥助はあとの祟《たた》りを怖れたのかもしれぬ。半蔵もお露に気があった。もし、亥助が岩吉を絞め殺したのを半蔵に知られていれば、半蔵からあとあとどんな難題が吹っかけられるか分らない。その後難を怖れて亥助は半蔵を殺したのかもしれぬ。

だが、そうだとすると、力の弱い亥助がなぜ半蔵を殺し得たのか。考えはまた元に戻って、思案は堂々めぐりするばかりだった。

(やっぱり弥作の言うように清七がおかしいかな)

そこまで迷ってみたが、どうも、それではぴんとこない。清七にそれほどの芸当はできないと思われる。彼が亥助に頼まれてお露を蔵の中に行かせないようにしたのも、清七の嘘や細工とは思われないのである。

蔵の中で岩吉を絞めたと思われる亥助は、誰かの手で堀に突落された。だが、彼を堀に突落せそうな者はほかに居ない。力の強い半蔵は掘った穴にのめって窒息死しているのだ。これも誰の仕業か分らぬ。

こうなると、弥作に冗談で言ったように天狗の仕業ということにもなりかねなかった。

考えあぐねた平造は、ごろりと畳の上に横たわった。肘枕《ひじまくら》をして天井を眺めると、その天井には最近、煤《すす》が掃かれたあとがあった。独り身の男の部屋だから、ろくに掃除もしていないのに、天井の煤だけは除《の》けられている。それも極く近い日である。部屋の中は何となく黴《かび》臭かった。平造は、閉めた障子をあけて少し風を入れようかと思った。その途端に匂いは黴臭いだけではなく、魚の匂いが混っているのに気づいた。生魚ではなく、煮つけの匂いだ。

平造は、その魚の匂いで女中が言ったことを思い出した。魚を煮た汁が亥助の部屋にも半蔵の部屋にもこぼれていて、それをきれいに拭《ふ》いたという言葉だ。

昨夜は報恩講で、番頭や手代一同には精進料理が出た。亥助と半蔵は、その口直しにこっそり魚を買ってきて食べたのかもしれぬ。それは内密だから台所の女中にも言いつけていなかったのは、女中たちがそれを煮なかったことでも分る。ただ、今朝になって魚を煮た鍋《なべ》を取片付け、その鍋を洗っただけである。

平造は腹匍《はらば》いになって、畳を舐《な》めるように匂いを嗅《か》いだ。たしかに魚の匂いだ。今朝もそれは嗅いでいる。

彼は亥助の部屋を出て半蔵の部屋に行った。やはり今朝たしかめた通り、畳にはその同じ匂いが残っている。

昨夜、半蔵と亥助が魚をこっそり食べたことは分るが、一体、誰がその魚を買ってきたのか。女中は知っていない。

すると、平造の記憶には主人庄兵衛の述べた言葉が蘇《よみがえ》った。

（わたくしは午前《ひるまえ》に浅草の龍玄寺に詣《まい》って、遅くまで法要の席に連なっておりました。そのとき、亥助と、勘吉という十六になる丁稚《でっち》とを供に連れていたのですが、亥助は途中から浅草橋の山城屋さんに掛取りに回りました）

寺詣りから戻る途中、亥助だけは庄兵衛と離れて掛取りに回っている。

魚は亥助が買ってきたのである。——

八

「お話はこれまでです」

岡っ引の平造は、冷えた茶を飲んだ。

「さあ、分らねえ」

と、首をひねったのが小男の戯作者柴亭魚仙《さいていぎょせん》である。魚仙は、神田松枝町《まつがえちょう》に住む惣《そう》兵衛《べえ》という御用聞から捕物の話を聞いたのが病みつきとなり、惣兵衛の紹介で平造のところにも来たのである。

「親分方は、いつも話のいいところで中休みをして気を持たせますねえ。惣兵衛親分にもそういう癖がありましたよ。どうも、よくねえ癖だ」

柴亭魚仙は、膝《ひざ》の扇をぱちぱちさせて口を尖《とが》らせた。

「べつに、気をもたせるわけじゃありませんが、下手な長談義をいつまでもつづけていても仕方がありません。このへんで、さっと片付けたいと思います」

平造は笑った。

「片付けるのは構わねえが、どうもちっとばかり面妖なんでね。亥助が水死したのは、まさか自分で身を投げたんじゃねえでしょうね？」

魚仙は訊《き》いた。

「投身ではありません。これは堀に投げ込まれたんですよ。亥助は泳ぎのできねえ金《かな》槌《づち》でした。場所は、備前屋の裏です。あすこは下がすぐ堀になっていて、夜中の退《ひ》き潮のときに、溺《おぼ》れ死んだ亥助の死体が乞食橋の下まで持ってゆかれたのです」

平造は話した。

「じゃ、いったい、誰が亥助を堀に投げ込んだのです？」

「それは、半蔵です」

「やっぱり半蔵ですか。半蔵は力が強いという話でしたな。すると、蔵の中にお露を待っていた手代の岩吉を絞めたのも半蔵ですかえ？」

「そうです。それも半蔵のしわざです」

「やっぱりね。半蔵はお露に惚《ほ》れていた。それで、岩吉がお露と媾曳《あいびき》するのが面白くねえ。それと、この男も、岩吉さえ殺してしまえばお露は自分のほうに靡《なび》くかもしれねえと思ったのでしょうなあ？」

「では、半蔵が亥助を殺したのはどういうことだと思います？」

「これは、親分、やっぱり亥助を亡き者にすれば、備前屋の財産が転がりこんでくると思ったからでしょう。つまり、色と欲というやつでげす」

「なるほど。すると、その半蔵は誰の手で穴の中に首を突っ込まれ、鼻の穴に土を詰められて殺されたんでしょうね？」

「さあ、そこからが分らねえ。その半蔵を殺したのは誰ですかえ？」

「あなたはどう思います？」

「そうですな、臭いといえば清七でげしょう。清七は、ちょっと見てぼんやりした手代だが、えてしてそういう奴に腹黒い人間がおりやすからな。どうも、お露さんを蔵の中に行かせないように止めたり、小細工をやっているところは臭いです。あれだって本当に亥助から頼まれてしたのかどうか分ったものじゃないでしょう？」

「わたしも初めはそう思いました。清七が臭いというのは、子分の弥作もさかんに言っておりましたからね。それに、お露さんが穴の中に倒れている具合がどうも合点がいかねえ。もしかすると、この一件にはお露も一枚噛《か》んでいるんじゃねえかと疑ったくらいです。……ですが、清七も、お露さんも一切関係のないことが分りましたよ」

「さあ、分らねえ」

　戯作者の魚仙は頭をかしげた。

「じゃ、よそから忍び込んだ人間はねえんですね？」

「ありません。岩吉と亥助を半蔵が殺したのだから、この二人が半蔵殺しの下手人ということもありません」

「まさか天狗のしわざじゃねえでしょうな？」

「天狗じゃありませんよ。天狗は空を翔《か》け回りますが、下手人《か》は海の中を泳いでいる奴です」

「おっと、……魚？」

　魚仙が眼をむいた。

「そうです、そうです」

　平造は話した。

「わたしもうかつでした。地に穴が掘ってあったので、てっきり、下手人は半蔵を土の中に首を突っ込ませて殺したあとで死骸《しがい》を埋めるつもりだったたと解釈していたのです。そればかりが頭にあったものだから、地面に穴を掘る効用のことにさっぱり気がつかなかったのです。それというのが、亥助の部屋に入って寝転がっているとき、天井の煤《すす》が掃除されてあるのを見ました。独り暮しの部屋は乱雑でしたが、そこだけはきれいになっている。……そこではっと気がつけばいいんですが、頓馬《とんま》だからまだ分らなかったんですね。そのうち畳に沁《し》みこんだ魚の匂いを嗅いでから、やっと天井の煤の謎が解けましたよ」

と、魚仙が手を拍《う》った。

「そいつは河豚《ふぐ》だ!」

「そうです。河豚です。しかも、その河豚は、昼間主人と浅草の寺詣りに行った亥助が、これから掛取りに行くと言って買ってきている。つまり、亥助が河豚をこっそりと煮て、そいつを半蔵に食わしたわけです」

「では、穴を掘ったのは亥助ですかえ?」

「亥助は自分ではあまり食ってねえから、そんなことする必要はありません。ただ、彼は用心深く、自分の部屋で河豚をつついた。そのとき、天井の煤が河豚に落ちては中毒《あた》るということを聞いているので、まず煤掃きをしたわけですね」

「なるほど。亥助はどうして自分で食わなければならなかったのですかえ？」

「まず敵を安心させるためには自分が毒試《どくみ》をするという手ですな。むろん、それが河豚とは言っていません。ほかの魚と混ぜて、その煮鍋を半蔵の部屋に持って行ったのです。半蔵は何も知らねえから、精進料理のあとではあるし、うまそうに酒の肴《さかな》に全部食べてしまいました」

「おっと、親分、どうも話が飛んでいるようだ。その前に岩吉の一件がありますぜ」

「そうでしたね。亥助は知恵の回る奴で、自分がお露を女房にしたあと、岩吉をそのままにしておいては具合が悪いと思ったのでしょうね。こいつはなにも嫉妬《しっと》からだけじゃありません。亥助にしてみれば、自分は養子になるのですから立場が弱い。無理にお露と一緒になっても、岩吉が同じ屋根の下にいる限り安心ができないわけです。そこで、半蔵と語らって岩吉を蔵の中で殺すようにしたのです」

「それは、やっぱり、岩吉が蔵の中で待っているときですか？」

「蔵の鍵は岩吉が持っていましたが、岩吉はお露がくるものと思って戸を開けたままにしておいて待っていたのです。そこに半蔵が忍び込んで、いきなり岩吉の頸《くび》を絞めたというわけです」

「その半蔵が蔵に入っている間、亥助はお露が蔵にこないように、清七を使って岩吉が表で待っているように言わせたのですね？」

「そうです。お露はそれを本気にして、つい蔵の中に行くのが遅れたばっかりに岩吉が絞め殺されることになったのです」

「その半蔵が亥助を堀の中に投げ込んだのは、そのあとの仲間割れですかえ？」

「さあ、そこが面白いのです。仲間割れといえば仲間割れですが、決して喧嘩《けんか》をしたわけではありません」

「はてね？」

「つまり、こうです。半蔵は岩吉を殺したが、今度は婿になる亥助をついでに片付けようと思い立ったわけですな。そうすれば、備前屋の財産は自分のものになる。お露も靡くかもしれぬ。あなたの言うように、色と欲とをいっぺんに狙ったわけです」

「その河豚を半蔵が食ったのは、岩吉を殺したすぐ後ですか？」

「そうです。半蔵が岩吉を殺して部屋に戻ってくる。そこに河豚を煮て待っていた亥助が鍋《なべ》を運び、ご馳走《ちそう》したというわけです。すると、頃合を見計らい、かねて亥助を殺すつもりの半蔵が、岩吉の様子を見ようとか何とか言って、裏に亥助を誘い出したのでしょう。そして、頃合を見計らい、泳ぎのできない亥助を裏から堀に向けて投げ込んだわけです。なにしろ、半蔵は力が強いものだから、亥助もかなわなかったわけです」

「それから？」

「それから、半蔵はまた自分の部屋に戻って酒を飲んでいるうちに指の先に痺《しび》れが来たのですな。奴は、初めて食ってる魚が河豚だと気がついたのでしょう。彼は河豚に中毒《あて》られたときの手当てを知っていました。それは穴を掘って自分が中に入り、首だけを地面から出していることです。そうすると、奇妙に河豚の中毒が解け、痺れが癒《なお》るそうです……」

「それはわたしも聞いておりやす」

「半蔵はその方法を取った。ところが、穴を完全に掘り終らないうちに全身に毒が回り、動けなくなって、そのままてめえの掘った穴の中にどさりと倒れたのです。その倒れ方が首からさかさまに突っ込んだものだから、恰度《ちょうど》、知らねえ者には、ほかの人間にうしろから掘ったばかりの柔らかい土の中に顔を突っ込まされたように見えたのです。いや、わたしも、大失敗《しくじり》でしたよ」

「するてえと、この一件は、下手人は死んで、生きた人間の縄つきは出なかったというのですね」

「そうです。いや、生きた人間を縛るのは、商売といっても、いつもいやなものです。この一件で一番悪党は、知恵の回る亥助でしょうね」

「お露さんの倒れ方が夜明までというように長かったのは、どういうことでげす？」

「あれですか。お露さんは、蔵の前に行ったのですが、今も言う通り、亥助を殺した半蔵が外から錠をかけたものだから中に入ることができない。それで、お露さんは何度も心配して、様子を見に蔵の前に行ったのです。穴の中に半蔵が倒れているのを見ているものだから、てっきり岩吉が殺《や》ったものと早合点してよけいに心配したのですね。そこで岩吉を庇《かば》うあまり、自分も夜中に起きてその穴の中に落ち、岩吉の証跡を誤魔化そうとしたのです。……いや、女の一念からの邪魔には、われわれも、ときどき迷わされますよ」

酒井の刃傷

一

寛延《かんえん》二年正月、老中酒井雅楽頭忠恭《うたのかみただやす》はその職を辞し、溜間《たまりのま》詰めとなり、領地上州前橋から播州《ばんしゅう》姫路に国替えとなった。

これは忠恭はじめ藩をあげての喜びといってもよかった。

忠恭は延享《えんきょう》元年から足かけ六年、老中職をつとめたが、その評判は世上にあまり芳《かんば》しくなかった。酒井家は徳川譜代の名門で、井伊《いい》、本多などとともに特別な家柄であるし、雅楽頭忠清《ただきよ》の時は大老として世に〝下馬《げば》将軍〟といわれるほどの権勢があった。

忠恭は、その忠清から五代の後であるが、家筋が立派すぎて、政治的な力量はそれほどでもなかったところから、

　名ばかりであまりはえぬ物　芳沢《よしざわ》あやめと酒井雅楽頭

　よさそうで埒《らち》のあかぬ物は　波《なみ》の平《ひら》の刀と酒井雅楽頭

という落首があったほどである。

そのうえ、国替えの前年、つまり寛延元年に韓使《かんし》来朝のことがあった。その接待係の役目の者の中から収賄《しゅうわい》事件が起きて勘定奉行などが処分された。忠恭が、たまたま韓使接待方の支配をしていたところから、世間からは忠恭も賄賂をとったという評判をたてられた。

そのため、いよいよ忠恭の世評は悪い。

忠恭は政治力が乏しいくらいなだけに、律義な、心の小さい人である。己れの批判が世間に高まるのが気になって仕方がない。

彼はしだいに顔色が冴《さ》えなくなった。仕事の疲労と心痛が、肉体にまで顕《あらわ》れるようになったのだ。下城して上屋敷にはいっても、家臣に笑顔を見せることもなかった。

或《あ》る日のことである。

忠恭がいつものように藩邸に帰って、浮かぬ顔色で何か考えていると、家臣で犬塚又内《ゆうない》という者が目通りを願い出た。

又内は江戸の公用人で、藩の公用いっさいを取りしきっている。家老とも異《ちが》う一種の秘書役のようなものだ。聡《さと》い才がなければ勤まらぬ。又内はことにその才知を忠恭に見込まれていた。

忠恭の前に出た又内は、近侍の者を退けて、こういうことを言った。

「近ごろ上様の御気色が勝《すぐ》れませぬが、足かけ六年にわたる御老中筆頭というご大役のご心労のゆえと存じまする。まことに恐れ入りましてござります。つきましては、これ以上お身体に障りがありましては一大事、大切な公儀の御用もさることながら、われら家臣といたしましては、上様の御身がさらに大切。なにとぞこの辺にて公辺御役の儀はご考慮願わしゅう存じまする」

忠恭は又内の才知な眼を見た。

「役を退けと申すか」

と言うと、又内は低頭して、

「御意《ぎょい》」

と答えた。

忠恭は又内の才を愛している。彼は自分の愛臣から自己の苦悩に触れられたのが、かえってうれしかった。今までの鬱々《うつうつ》とした気持が急に軽くなって、苦しい気持を吐きだしたくなった。

「そちの申すことはわかっている。近ごろ、予の評判が悪いようだな。六年間の大役勤続で予も疲れたし、それに近ごろ幕閣でもいろいろ面倒なことが多い。このまま続けて万一、家に疵《きず》のつくようなことになっても困るから、実は予もこの辺で退きたいと思っていた」

「だがな」

と忠恭は言って、
と溜息《ためいき》をまじえて、少し低い声でつづけた。

「今、このまま、御役御免を願っては、いかにも不首尾に退いたように見える。それが心外なのだ。せめて溜間詰めにでもなれば世間への聞こえもよく、酒井の面目も失われぬと思うが、なかなかその望みも容易ではあるまい」

忠恭は悪評のために職を去ったといわれては不面目なので、その印象を消すために、溜間詰めという老中待遇にしてもらいたかったのだ。しかしその希望に見込みのないことが、忠恭を憂鬱《ゆううつ》にしているのである。

犬塚又内は進み出た。

「ごもっともなる仰せでございます。その儀ならば手前にもかねがね思案がございます。何とぞお任せ願いとう存じます」

「誰かに願い出てみるとでも申すのか」

「されば、いささか伝手《つて》もございますれば、大岡出雲守《いずものかみ》様にお願い申しあげてみます」

忠恭は、又内の顔を改めて見た。

「雲州にか。うむ、雲州にのう」

と、思わず呻《うな》るように呟《つぶや》いた。

二

大岡出雲守忠光《ただみつ》は将軍家重《いえしげ》の御側衆《おそばしゅう》である。家重の信頼を一身にうけていた。

家重は多病で、口も自由にきけなかった。舌がもつれて言語がはっきりしない。大勢の近臣が侍しても、誰も家重の言葉がわからなかった。ひとり、御側衆の忠光だけがその意味を解した。

例に、こういう事がある。

或る日、家重が駕籠《かご》に乗って外出したが、途中で何か供の者に言いつけた。その言葉が、何を言っているのか、誰にもわからない。家重は苛立《いらだ》って癇癪《かんしゃく》を起こす。供の一人が営中に駆けもどって、この由を忠光に告げた。

忠光はそれを聞いて、空模様を眺め、

「ああ、それは今日は薄寒いから、羽織を持てと仰せられるのだ」

と言った。その言葉に従って、羽織を持って戻ると、家重の機嫌が納まったという。

これでみると、忠光が家重の言語を解したというのも、半分は推量のようだ。その人物さえのみこんでおれば、当人が何を考えているかぐらい見当がつく。要するに彼は、いわゆる、未《いま》だ言わざるに察し、令せざるに行なうという勘のよい能吏であった。

家重と臣下との会話は、忠光の通辞で行なわれた。したがって忠光の言うことが将軍の権威となる。老中はじめ諸大名が忠光に特別の敬意を払った。

その権勢振りは往年の柳沢吉保《よしやす》を偲《しの》ぶものがある。

犬塚又内はこの大岡出雲守忠光に、主人酒井忠恭のことを頼みこもうというのだ。

忠恭はそれを聞くと、

「うむ、出雲にのう」

と膝《ひざ》を叩《たた》くようにして言ったのである。

「出雲が請けあうなら間違いないが。ではその方でよきに計らってくれ」

と、急に希望を見たように瞳《め》をかがやかした。

又内は、その言葉に、

「懸命につかまつります」

と真剣な調子をこめて答えた。

又内はこの時三十八歳の働き盛りである。それから二つ年下に、岡田忠蔵という中小姓を勤める者がいる。又内は忠蔵を仕事のうえで片腕としていた。

二人は協力して大岡忠光に手蔓《てづる》を求めて接近し、しきりに運動した。

忠光は権勢はあったが、柳沢のように野心家ではなく、正直な人物だったらしい。

その忠光から、ほどなく、

「酒井殿は格別の家柄でもあるし、忠恭殿は老中として長期のご勤務であるから、退かれても溜間詰めは当然である」

という言質《げんち》を得た。

又内は欣喜《きんき》した。それに勢いを得た彼は、さらに国替えのことまで請願した。

酒井は上州前橋で十五万石であるが、その領地の実収は表高の半分で、七万石ぐらいしかなかった。それで代々、経済的に非常に苦しい思いをしてきている。何とかして、もっと実収の多い領地を得たいと望んでいた。

ところが、ちょうどそのころ、播州姫路の城が明いていた。前の城主は幼少の理由で他に国替えになったままである。姫路は実収三十万石といわれるほど裕福な領土である。

又内は、酒井家を前橋から姫路に移していただきたい、ということを運動しだした。

つまり、主人に、溜間詰めという名のみでなく、さらに収入の多い土地を賜わるよう実まで獲《え》ようというのである。

又内と岡田忠蔵との大岡忠光への請願工作はよほど巧妙にいったのであろう、ほどなく、

「国替えのことも異論はない」

という忠光の意向が伝わって、又内は雀躍《じゃくやく》して喜んだ。

その言葉のとおり、寛延二年一月十五日、酒井雅楽頭忠恭には、願いどおり、御役御免、姫路に国替え、溜間詰め仰せつけらる、という沙汰《さた》がくだった。

忠恭の喜びは一通りではない。これで、悪評のゆえに辞任した不面目も救われ、そのうえ、実収の豊かな土地に移って、家の将来も安定したのである。犬塚又内の功は、戦場で兜首《かぶとくび》を十とっても及ばないように見えた。

「その方の働きは過分に思う。このうえとも勤めを励んでくれよ」

と忠恭は又内を呼んで懇《ねんごろ》に謝し、その功によって、それまで六百石だったのを、新たに四百石を加増して千石とし、江戸詰め家老に昇格させた。

また岡田忠蔵には、百石だったのを百五十石加増で二百五十石、江戸留守居《るすい》役に抜擢《ばってき》した。

両人の喜びも格別であるが、藩臣一同も今度の国替えを歓迎せぬ者はない。誰も実

収入の多くなるほうがうれしいからである。藩をあげての喜びというのはこれだ。

だから、国替えの正式の沙汰のあった翌日、忠恭の使いがこのしだいを伝えるため、国表の前橋に到着した時は、酒井の家士いずれも満面に喜色を浮かべて城中の大広間に集合した。

しかし、藩中でただ一人、今度の処置をよろこばぬ者がいた。

国家老川合勘解由左衛門《かわいかげゆざえもん》という六十一歳になる老人だった。

三

忠恭の上使は大広間の上段に構えて、いならぶ藩士一同にこのたびの沙汰を伝えた。

その声も弾んでいた。

一同低頭して上使の言うことをきいたが、水を打ったような静けさを破る誰かの軽い咳払《せきばら》いにも、満足気な興奮が知られた。

それで、このご沙汰は、お家のためまことに祝着《しゅうちゃく》である、と一同が顔を上げ言いあおうとした時、家老席の中から、

「ご上使に申しあげたい」

という声がした。

川合勘解由左衛門の不快な顔が愕《おどろ》く一同の眼に映った。彼はそのまま苦りきった表情を上使の方に向けて強く言った。

「ただいま、お言葉を承ったが、われらにはどうしても腑《ふ》に落ちぬところがござる。そもそもこの前橋の地はご当家ご先祖様が神君（家康）より格別のご深慮をもって賜わったものでござる。その心は、この地は東北より江戸を護《まも》る要衝であるからとて武勇で聞こえたご当家にくだされたものである。されば当時神君も、将来所替《さきざきところが》えなど申しつけることはない、と仰せられた由をわれら承ってかねがね誇りといたしておる。しかるにこのたび、ご当家より願って国替えとなったのはいかなるわけでござろうか。なるほど、前橋より姫路は実収も多いなれば一応めでたげに聞こゆれど武勲の家柄が実収の利害損得に動かされて、由緒の土地を離れるとは解《げ》せぬ。それでは、神君より見込まれてこの土地を関東東北の押えとしてお預かりあそばされたご先祖様に申しわけがあいたちますまい」

勘解由左衛門の声はさらに大きくなった。

「ご当家には、家老職としてこれなる本多民部左衛門《みんぶざえもん》殿、境井求馬《さかいもとめ》殿、松平主水《もんど》殿、また不肖なれど某《それがし》も勤めおる。いったいかような大事なことを殿からわれわれに一度のお計らいもなく、すぐにお請けになったのはいかなるしだいでござろうか。われら祖先はいずれもご当家に付人として公儀よりつけられたものでござる。されば殿より何事であれ大切なことはおたずねを受け、われらそれに対しよきにお答えするが忠節と心得ている。このたび、殿がさようなことにいっこうにご頓着《とんじゃく》なくご一存でおきめになり、お国替えの趣きを一同にお達しになるのは、いかにも心得ぬしだいで、殿にはご家風をご存じないとみえる。ただいま、ご上意の趣きは承ったが、合点の参らぬことなれば、某には納得できかね申す」

勘解由左衛門はあたりを睨《にら》みまわして口を強く閉じた。日ごろから枯木のように瘦《や》せた老人であるが、この時は大広間を圧するほどの存在に見えた。

勘解由左衛門のいう付人とは、家康の代に酒井家に与えられた十六騎で、これは酒井の家臣であって家臣ではない。酒井家は徳川にとって大切な藩屏《はんぺい》だから、藩政の後見として幕府から付けられたのである。勘解由左衛門もその付人の家筋の一人だから、このたびの国替えのような大事なことに一度の諮問《しもん》もないのが怪《け》しからぬ、というのだ。

もとよりそれには替地についての不服があった。武士が損得によってみだりに領国を移る不満だ。

家康より北関東の押えとして特に酒井に名指しされた前橋である。勘解由左衛門のような老人には、武門の名誉の地と思っている。その誇りは土地への愛着ともなっている。それが簡単に蹂躙《じゅうりん》された怒りであった。

それに、由緒や面目にお構いなく、実収が多いからといって、わけもなく替地を喜ぶ藩士への憤《いきどお》りもあった。

上使は高須兵部《ひょうぶ》という若い男であったが、勘解由左衛門の激しい語気と理詰めに圧《お》されて一言もなくただ困惑の表情を硬《こわ》ばらせている。他の一同も老人の門地の高さと一徹な気性を知っているから、進んで何か言おうとする者もなく、先刻とは打って変わった重苦しい空気が一座を流れた。

勘解由左衛門はうつむいている一同を見まわして、

「某がここでかようなことをご上使に申しても埒《らち》があかぬ。これから直ちに出府して殿にじきじき申しあげるでござろう」

と言った。

それに対して、否《いや》とも応とも答える者がない。皆の心の中も実収のよい国替えを望んでいる。勘解由左衛門の言動は、そういう藩士の本心を承知しながら、一種の老人らしい意地悪さと取れぬことはない。が、言うことには筋が立っているから、異論をはさむことができなかった。

だが、中には勘解由左衛門の言うとおりに、なるほどとうなずく何人かはいた。たとえば、家老席にいる境井求馬や松平主水などである。勘解由左衛門は家の旧《ふる》い由緒や慣習が埒もなく崩壊されるのを嘆じている。損得勘定で動く軽薄さを怒っている。勘解由左衛門が己れの若い時代から吸った武士道の重厚な空気から見れば、これは考えられぬ事態なのだ。

老人のその気持はわからなくはないが、一方、藩士の苦しい経済もわかっているから、求馬も主水も、何も言いだすことができなかった。

四

国家老の川合勘解由左衛門が不時出府したと聞いた時、その用事を雅楽頭忠恭は一足先に帰った使いから聞いて知っていた。

「勘解由め、今になって何を申すか。予が聞いてやろう、ここへすぐ通せ」

忠恭も肚《はら》に据えかねた語気で言った。

勘解由左衛門が平伏して、目通りの挨拶《あいさつ》を述べた時、

「おう、勘解由、聞いたであろう、予はこのたび、御役御免となって溜間詰《たまりのま》めとなり、姫路に国替えとなったぞ。みなも喜んでくれている。さだめしその方も同意であろう。

不時の出府はその祝いを述べるためか」

と忠恭は言った。

勘解由左衛門は面《おもて》をあげて忠恭をまっすぐに見た。眼は光っている。

「情けなきことを承ります。勘解由の出府は、殿のそのお心にご意見申しあげたいためでござります」

「うむ、何か異存があるとみえるが、申してみよ」

勘解由左衛門は前日言ったとおりのことを述べ立てた。遠慮なく声も太い。

それに加えて、彼はさらに新しい抗議をした。

「そのうえ、殿には、このたびの功によって、犬塚又内に四百石、岡田忠蔵に百五十石のご加増があった由にござりまするが、真実《まこと》でござりましょうか」

「うむ。そのとおり間違いない」

「これも殿には先例家格をご存じない致され方でござります。そもそも加増と申すは容易ならぬ功労のたった者になすべきもの、しかも自《おのず》から限界《きまり》がござります。まず当家の例で申せばせいぜい二百石が最上、それ以上に加増のあったことを聞いておりませぬ。犬塚殿に一度に四百石のご加増はいかなるおつもりかわからぬが、畢竟《ひっきょう》、殿にはこのお家の御《おん》作法、仕来たりもご存じなきように見える。わからぬといえば犬塚、岡田の両名が破格の加増になった功労が何かわれらには合点が参りませぬ。これも殿からわけを承りたい」

「うむ、勘解由。さきほどからそちの申し条、理詰めにいたして予に腹を切れとでも申すのか」

忠恭は言葉につまって興奮であかくなって声が荒かった。

勘解由左衛門の眼の奥に皮肉の翳《かげ》が過ぎた。

「それほどお急《せ》きあそばすことはございますまい。しかし、たってお腹を召すとあらば、お止めいたしませぬ。某がご介錯《かいしゃく》を申しあげます。その後でこの場にて一番にお供つかまつります」

勘解由左衛門は言いはなったまま頑としてその場を動く様子がなかった。

忠恭は唇をふるわして、

「もうよい、立て」

と言ったが、

「いや、立ちませぬ」

と勘解由左衛門は断わった。

「立て」

「立ちませぬ」

主従の迫った応酬が二、三度つづく。

さきほどから、はらはらしていた近侍が、二、三名たまりかねて勘解由左衛門の両手をとった。

「川合殿、お立ちめされ」

「君命でござる。お立ちなされ」

と勘解由左衛門の身体を抱きかかえるようにして退《さが》らせた。

勘解由左衛門は一間に下がって乱れた衣服を正した。それから運ばれてきた茶を喫《の》みながら黙って何事か考えていた。顔色も動揺していない。

しばらくして彼は手を拍《う》って坊主を呼んだ。

「犬塚又内殿と岡田氏とがおられたらこれへ」

と言いつけた。

やがて襖《ふすま》の外で坊主が両名が参った旨を通じた。

犬塚又内は多少表情を硬くしていたが、藩の長老に向かう慇懃《いんぎん》な態度は崩れていなかった。彼はその場に手をついて挨拶した。

「ご家老には道中のお疲れもなくさっそくにご出府なされてご苦労に存じます」

勘解由左衛門は会釈《えしやく》を返して、まずまず、と両名を部屋の中央に請じ入れた。彼は二人に向かっておもむろに言いだした。

「犬塚殿はこのたびご加増になり、またご家老職をおつとめになる由で、まことにお喜びでござろう。しかし、某《それがし》はその儀についていささか異存があったので、先刻殿にお目通り願って申しあげた。その由はさだめし貴殿方もお聞き及びでござろう。さすれば改まってここで申しあげることはない。ただ貴殿方のお働きが、公儀の重役に種々な手段をもって内密に取りいり、その私情を動かした点が気に入り申さぬ。さような行為を手柄としておほめがあっては、将来酒井家の士風というものは興るまい。また家風も紊《みだ》れるでござろう。武士は武士らしき働きがあってこそ手柄でござる。ご両人をここへお呼びしたのは外でもない、君命なれば強《た》ってとは申さぬが、一応このたびのご加増を辞退なさってはいかがでござるか。それをお勧め申したいためお呼びした」

又内も忠蔵も、口を結んで眼を伏せていた。

五

寛延二年七月五日、酒井雅楽頭忠恭は予定どおり江戸を発《た》って新領地播州姫路にくだった。

国家老川合勘解由左衛門一個の反対も大勢には抗すべくもない。鳥毛の櫓落《やぐらお》とし、爪折傘《つまおりがさ》、打上《うちあげ》の駕籠《かご》、厚総《あつぶさ》鏡付きの鞍《くら》などの伊達道具《だてどうぐ》を美しくそろえて行列は華々しい初の入部をした。

この時、忠恭から勘解由左衛門には、国入りの節、曳《ひ》いて参れ、と言って、召料の乗馬を賜わった。これは忠恭が川合を宥《なだ》めるつもりである。

だから、勘解由左衛門が、その礼にあがったとき、

「国替えについてはその方にも納得のゆかぬこともあろうが、すでに決定したことではあり、今さらどうにもならぬから、腹に納めてくれ」

との言葉があった。忠恭のほうから下手《したで》に手をさしのべたかたちになる。

それに対し、勘解由左衛門は、

「だんだんのお心づかい、恐れ入りましてござります」

とお辞儀をした。

犬塚又内、岡田忠蔵のことも、

「このたびは予に免じて大目に見てくれ」

と、それとなしに両名に為《な》した勘解由左衛門の辞退勧告にも忠恭は釘《くぎ》をさした。

　また、犬塚、岡田の二人からも、自身でその後、

「貴殿の仰せはもっともしごくでござるが、君命をこうむったうえからは、粉骨して働きご恩の万分の一にお酬《むく》いしたほうがお家のためと心得まする」

という挨拶《あいさつ》があった。

　勘解由左衛門は口辺に皺《しわ》をよせて薄く笑って、

「さようか。お家のためとあらば何も申すことはござらぬ。せっかくお役お大切にご奉公くだされたい」

　とさりげなく応《こた》えた。

　これで万事円満におさまったようだった。

「頑固者でのう。年寄りという者は、旧《ふる》い仕来たりや作法をいつまでも申す。若い者のすることが気に入らぬのじゃ」

　と後で忠恭は苦笑していた。

「川合殿は忠節一徹の方でござります」

　と犬塚又内はそれに言った。

　又内の眼から見れば、勘解由左衛門など古風で時世のわからぬ老人でしかない。旧例とは何であろう、作法とは何であろう。そんなもので推移する時代を縛ることはで

きない。現に藩の財政は逼迫《ひっぱく》しているではないか。これは、前橋で表高十五万石なのに半分の実収しか得られないせいだ。そのため藩士も苦しんでいる。このままでは藩の経済は潰《つぶ》れてしまう。勘解由左衛門の理屈でこれが救えたであろうか。

替地によってやっと藩政が明るくなった。逆に二倍の実収があるからだ。不評の酒井雅楽頭が名目を立てた上、この国替えまで実現できたのは大きな成功である。その運動もたいていではなかった。いささかの手段を用いたとしても、勘解由左衛門の言うように、それが士風でないとは言いきれない。老人は時世を知っていないのだ。

又内はそう思い、藩政に参与する己れの手腕を自負していた。勘解由左衛門などはいいかげんに扱って敬遠しておけばよいと思っている。

それで、江戸留守居役となった岡田忠蔵が、自分も一度姫路を見たいと言いだした時、

「ああ、よいだろう。某から取りはからってあげよう」

と簡単に言って、一存で決めて、国もとへ来させた。

留守居役というのは江戸における一藩の交際機関の主任である。幕府要人への出入り、他藩との交際など、外交官でもある。みだりに任地から離れるべきものではなかった。

岡田忠蔵が姫路に来て城中の御廊下を歩いていると、ばったり川合勘解由左衛門と出会った。

岡田は悪い男に出会ったと思ったが、今さらかくれることもできないので、丁重に挨拶した。

「川合殿。久々でございます。いつもご壮健にて祝着に存じます」

勘解由左衛門は眼を上げて岡田忠蔵を見た。

「ああ岡田氏か。そこもとも元気で何よりでござる」

そのまま行きかけたが、何を思ったか、勘解由左衛門は足を止めて忠蔵を呼んだ。

「岡田氏。貴殿はたしか江戸留守居役で、公用でお国もとにおくだりになったと聞いておらぬが、何か急用でもできましたか」

忠蔵は、はっとしたが、かねてから考えていた言いわけで、

「されば拙者は留守居役でござるが、もし公儀より姫路の様子をお尋ねなされた時、ご返事もできぬとあってはと存じ、一通りお国もとの様子を承知しておきたいと思って参っております」

と返答をした。

勘解由左衛門の眼がそれを聞いてにわかに光った。

六

岡田忠蔵を見据えて勘解由左衛門は叱った。

「これは異なことを承る。貴殿の申されようは、もっともらしく聞こえるが、さような挨拶はない。公儀からのお尋ねと言うが、お国表のことは江戸家老にお尋ねがあり、それから国もとに申しこして、われらの方からお答えするのが定例《じょうれい》でござる。貴殿のお役柄としてそれにお答えしなければならぬことはないはずだ。お留守居役というものは、公儀向き万端、ご進物、付届けの取計らい、また大名衆ご同役との折衝などを心得られるのがお仕事であって、お国もとを見にまいられる必要はない。貴殿のなされかたは慮外ながら遊山気分にてお国見物に立ち越されたとしか考えられない。さようなお心がけではお留守居役を勤められてもご奉公は成りがたい。自分の役を等閑《なおざり》にして遊び歩くとはもっての外でござる。匆々《そうそう》に江戸表に立ち帰られたがよかろう」

勘解由左衛門は憚《はばか》りなく大きな声を出した。傍を通る者が、遠慮しながらも聞き耳を立てている。忠蔵は一言もなく、顔をあかくしてこそこそとその場を去った。

勘解由左衛門が調べてみると、岡田忠蔵が国もとに来たのは、犬塚又内が許したことがわかった。また、それには同席家老の本多民部左衛門が同意している。

近ごろ、本多民部左衛門は何かにつけて犬塚又内と同調するふうが見える。国替えの時も又内と一緒に運動した様子があった。本多は十六騎の一人として、付人の家柄であるが、当人は柔和な男だけに、又内のような性格の強い、切れる男には同化されやすい。

勘解由左衛門は考えた。己れはすでに老齢である。この先、犬塚又内、本多民部左衛門のような輩《やから》によって藩政が左右されたら、いったいどうなるであろう。酒井家の風儀は無視され、伝統的な士風は必ずみだれる。今でもずいぶん、国替えによって実収がふえたといって喜ぶ藩士が多い。そのため犬塚又内は権勢を得ている。又内の今後の実利政策は、いよいよ藩の士風を墜《おと》すに違いない。そうなれば酒井家の危殆《きたい》ということも考えられなくはない。

勘解由左衛門がしきりにそう憂える底には彼の気づかない心理がある。

老人は孤独である。孤独だから本多民部左衛門のごとき自分とあまり違わないような年配の者が、又内のような若い側につくのを憎む。一種の嫉妬《しっと》だ。が、それ以上に勘解由左衛門の心には自分をとり残し孤独に陥れている若い世代へ対する嫉妬と瞋恚《いかり》が意識せずにひそんでいる。

勘解由左衛門は二十日間の休暇をとった。所労を申し立てて引き籠《こも》ったのだ。

家にいる勘解由左衛門の様子は別段のことはなかった。顔色もよい。庭におりて花の手入れをするのも平常のとおり入念である。ときどき、何か考えこんでいるが、いつものことなので家人は気にしなかった。

ただ、後で考えて変わったことが一つある。ある日、不意に、

「なみを呼んで参れ」

と言った。同藩の者に嫁いでいる娘である。他に子はなかった。

「今ごろ、何事でございます」

と妻女はいぶかった。滅多にないことだ。

「別段のことではない。こうして休んでいると退屈だから、娘の顔なと見て飯を食いたい」

と、少し気の弱そうな微《かす》かな笑いをもらした。

娘が来て、勘解由左衛門は機嫌がよかった。酒はたしなまぬほうだが気が向けば少しは飲む。その日も、銚子《ちょうし》を一本あけて、真っ赤な色になった。

眼を細めて謡《うたい》などうたった。

妻女は勘解由左衛門が近ごろにない機嫌なので喜んだ。娘も安心して帰った。

二十日間の休みの後、勘解由左衛門は登城した。

主人の雅楽頭に目通りして引き籠りの詫《わ》びを言い、同役家老、重だった役々などの間を挨拶《あいさつ》してまわった。会う人々は、

「ご快気で何よりでござる」

と挨拶をかえした。

犬塚又内に会った時、勘解由左衛門は言った。

「又内殿。貴殿は近いうちに江戸表にお立ちのように承ったが、日取りなど決まりましたか」

「さよう。手前も当地の滞在が長びき、お国もとの様子もわかりましたから、四月十一、二日ごろ出立するようにいたしたいと思っております」

と又内はいつものように柔和に答えた。

「さようか。江戸表の政務については打合わせしたいこともあるし、かたがた貴殿ともこのうえ懇意に願いたいので、十日ごろ、拙者の宅にお越しくださるまいか。蕎麦《そば》切《きり》でもおふるまい申したい。いや、これは貴殿だけでなく、本多民部左衛門殿、松平主水殿にも申しあげて、ご許諾を得たところでござる」

と勘解由左衛門は誘った。

七

四月十日は前夜から雨であった。

明るい雨で木の葉の色が冴《さ》えた。

川合勘解由左衛門の家では午後《ひる》より来客があるというので、朝から女中や下男は料理や掃除に忙しかった。

その準備のできたところで勘解由左衛門は妻女に言った。

「今日はただ、ご馳走《ちそう》を出すというだけでなく、内密な相談がある。重大な話だから、もれ聞かれても困るので下女下男は酒肴《しゅこう》を運んだら小遣いを与えて今日一日遊びに出すがよい。その方も他の方の手前、遠慮したがよいと思うので、娘のもとへでも参っておれ」

こう言いつけて、家人をことごとく外出させるようにした。

ただ一人、吉蔵《きちぞう》という家来だけをとどめておいた。吉蔵は大きな男で、腕力もすぐれ、胆もすわっている。

「その方は客が来た後は、口々に錠をおろし、玄関に控えておれ。どのようなことがあっても、この方から呼ぶまでは座敷にはいってはならぬ」

と勘解由左衛門は命じた。

未《ひつじ》の刻（午後二時）を過ぎたころ、松平主水が元気のいい顔をしてまず到着した。主水は家老格の家柄で、若いが思慮のある男である。勘解由左衛門はわけがあって彼をこの席に呼んだのだ。

少し遅れて、犬塚又内と本多民部左衛門とが別々に来た。

一同客間になっている書院にすわった。

「これは雨の中をようこそおいで願いました」

と勘解由左衛門が挨拶をする。

「お招きにあずかってかたじけのう存じます」

と客の三人も礼を言う。

酒肴が運ばれ、杯の献酬となった。

その途中から言いつかったとおり、妻女や召使いはひそかに屋敷を出てしまった。

しばらくすると座も賑《にぎ》やかになりかかった。酒の好きな本多民部左衛門はしきりと杯を干す。

「川合殿。ちとお杯をお回しください」

など言っている。

勘解由左衛門は微かに笑いながら、

「いや、実は犬塚殿とちと公用で打合わせたいことがあるので、それがすむまで控えておりましたが、では、ご無礼ながらこの辺で用談を先にいたしましょうか」

と言った。

犬塚又内は急いで膝《ひざ》を正しながら、

「これは失礼つかまつりました。何よりご用向きが先、手前もあまりご酒を頂戴《ちょうだい》せぬうちに申し聞かせていただきとう存じます」

と言った。勘解由左衛門は、本多と松平の方を見て、

「はなはだ申しわけない儀であるが、犬塚殿と暫時《ざんじ》別間で談合いたしたいがお許しくださるまいか」

と言うと、両人は、

「ご遠慮くださらぬように。われらはここで御供応《おもてなし》にあずかっております」

と答えた。

それでは、というので勘解由左衛門は犬塚又内を案内してその座敷を出た。

広い屋敷で、間がいくつもある。雨の日だから中廊下はうす暗い。それを歩いて、一間の襖《ふすま》をあけた。

八畳ばかりの座敷である。

床に懸軸があり、花が挿してあった。

人気がないから静まりかえり、雨の音だけが聞こえてくる。

又内は座敷の中央にきて、あたりを見まわして、

「これはよいお部屋じゃ」

と言いながらすわろうとした。

この時、勘解由左衛門が傍に寄りそってきて、

「又内殿。貴殿のなされ方はお家のためにならぬから成敗する」

と耳の横で言った。その言葉が終わらぬうちに勘解由左衛門の身体がどんとつきあたってきたために、又内の足がよろめいた。

又内は短く何か叫んで、身体を崩しながら、小刀を抜きあわせようとした。鞘《さや》から三寸ばかり走らせた時に片手の感覚を失った。勘解由左衛門がつけいって右手を肩先から斬りおとしたのである。

背後《うしろ》の障子に水を掛けたように血を撒《ま》いて又内が傾くと、勘解由左衛門の刀は右頸《くび》の付根から左に斜めに下げた。それから又内の身体に乗りかかって止どめを刺した。

勘解由左衛門は太い息を吐いて立ちあがった。己れの姿を見ると血に塗《まみ》れている。

かねて用意の新しい衣類がたたんで隅に置いてある。台所に行って手を洗い、新しい着物に着かえた。

身支度をすますと、髪を撫《な》であげた。息を鎮めるために、少しの間、じっと動かない。雨にまじって遠くで稽古《けいこ》の鼓《つづみ》の鳴る音を聞いた。

八

勘解由左衛門が元の座敷に戻っていくと、本多民部左衛門と松平主水とは飲みながら何か話していた。

勘解由左衛門はそれに向かって何気なく、

「卒爾《そつじ》ながら本多殿もあちらに参られて犬塚殿との談合に加わっていただきとう存じまする。松平殿にはまことにご無礼で申しわけないが、もうしばらくお待ちくださいー」

と言うと、松平主水は笑いながら、

「どうぞご懸念なく、ゆるゆるとご用談をおすましくださるように。そのあとでまたかたがたとそろってご馳走を頂戴いたしましょう」

と答えた。

民部左衛門は立ちあがって、

「それでは主水殿、ちょっと失礼を」

と言いながら、勘解由左衛門のあとについて従った。

やはりうす暗い廊下を歩いて一間にはいった。六畳ばかりの小部屋である。

「どうぞ、これへ」

と勘解由左衛門が言う。

民部左衛門は座敷の中央にすすみながら、又内の姿が見えないから、

「犬塚殿は？」

ときくと、勘解由左衛門は、

「犬塚殿は先に参られた」

と言った。

「先へ？」

と民部左衛門が何のことかとわからない顔でいると、勘解由左衛門が傍に近よってきて、

「本多殿。貴殿と犬塚氏とはお家のためにならぬによってお命をもらいうけとうござる。犬塚氏は先にいただいたから、貴殿もお覚悟くだされい」

と刀を抜いた。

民部左衛門はちょっと呆然《ぼうぜん》として、勘解由左衛門の顔を見ていたが、相手の異様な眼つきを見ると、仰天して遁《に》げかかった。

「待たれい」

と叫んで、勘解由左衛門の刀が肩先に追いすがる。斬られながらも、民部左衛門は刀を抜いた。

が、向き直ったまま立ちむかう気力を失い崩れるところに、まっこうから二の太刀を浴びた。彼は声も立てずに絶息した。勘解由左衛門は太い息を吐いた。

その座敷にも衣服の用意がある。勘解由左衛門は着がえて手水《ちょうず》をつかい、顔を洗い、髪を撫でた。それから、玄関にふだんの足どりで歩いていった。

玄関には申しつけたとおり、家来の吉蔵が控えていた。

「吉蔵」

と勘解由左衛門は言った。

「人間はいつどこでいかなる大事に立ちあうやもしれぬ。そちにその覚悟ができているか」

と問うた。

吉蔵は、今朝からのこの家のただならぬ処置で普通のことではないと思っていたが、今、主人の顔を見ると、平静を装ってはいるが眼が血走っている。

はっとなったが、

「もとよりその心得はいたしております」

と答えた。

「そうか、それではこちらへ参れ」

と勘解由左衛門は先に立った。

八畳と六畳の間、それに又内と民部左衛門の死骸《しがい》が一個ずつ血だまりの中に転がっているのを見せた。

まさかこれほどの変事とは思わないから、さすがに吉蔵も驚愕《きょうがく》して唇の色を変えた。

「このとおり、子細《しさい》あって犬塚又内殿、本多民部左衛門殿を打ちはたした」

と勘解由左衛門は嗄《か》れた声で言った。

「かねての覚悟のことであるから、自分はここで自害する。その方には介錯《かいしゃく》を頼みたい。また、別間に待っておられる松平主水殿にはその後で自分の認《したた》めた手紙が手文庫に入れてあるから差しだしてくれ。両名を手にかけた子細を書いておいた。それから、主水殿には、今日の立会いのつもりでひそかにお呼びしたから、ご迷惑ながらしかるべくお願い申すように」

そう言って、勘解由左衛門は座敷の真ん中にすわった。

雨が降っているから日の暮れが早い。あたりが暗くなりかけていた。

「暗くてその方の介錯に不首尾があってはなるまい。吉蔵、燭台《しょくだい》を立てよ」

と彼は言いつけた。

吉蔵は灯をつける。外には相変わらず雨が降っている。鼓の音がやはり聞こえている。

「松平主水殿は別間でひとりでさぞお待ち疲れであろうな」

と言いながら、勘解由左衛門は肌着の前をくつろげ、脇差しを取った。

西蓮寺の参詣人

一

嘉永《かえい》年間のことだが、下谷《したや》二丁目に諸国銘茶や茶道具の小売りを商っている与助《よすけ》という者がいた。しかし、商いは女房にやらせているので、与助自身は町奉行所に出入りして与力や同心の指図をうけている小者、俗にいう岡っ引きであった。

与助は三十を五つ六つ越した男で、これまで度々面倒な事件を解いた手柄があり、仲間うちでもいい顔だった。この世界でも実力がないと羽振りが利かない。下谷の与助といえば、奉行所の役人の間でも確かな男だという評判をとっていた。

桜と一緒に三月の花見月が終ると四月に入り、朔日《ついたち》からは袷《あわせ》を着る。江戸の人はこんなことには几帳面《きちょうめん》で、五月五日の端午には一斉に単衣《ひとえ》に着更《きが》えるのである。江戸の生活ほど季節感を鋭敏に行事にとり入れたものはなかった。

その四月朔日の昼間、与助が遅い朝飯を食っていると二人の客が訪ねて来た。一人は浅草の馬道《うまみち》にいる綿屋で彦六《ひころく》といって与助の知り合いだった。もう一人は彼の知らない人物だが、五十に手の届きそうな、横鬢《よこびん》が少し薄くなった男だった。

「すっかり陽気になりました」

と彦六は与助を見ていった。かれも紬《つむぎ》の袷にさっぱりした顔をしていた。それに引きかえ、連れの知らない男は浮かない様子をしている。与助は一目見て、その男が彦六に紹介を頼んで、何か心配事を相談に来たことを覚った。

「この人は浅草田原町《たわらまち》一丁目の袋物問屋近江屋《おうみや》徳右衛門《とくえもん》さんの番頭さんで嘉兵衛《かへえ》さんといいます」

と彦六はひき合わせた。

「近江屋と私とは取引上で懇意でしてね。いえ、主人の徳右衛門さんは二年前に中風にかかって寝たきりで、商売の方はこの嘉兵衛さんがとりしきっています。それで自然と嘉兵衛さんと懇意になっている訳ですが、実は今日お伺いしたのは、その近江屋に少々心配な事情が起こりましてね。それで私がすすめてご相談に伺ったような訳です」

彦六の言葉につれて番頭の嘉兵衛という男は、与助に初対面の挨拶《あいさつ》を丁寧にした。手土産の代りだといって包み物を出したりした。

「どういうお話か存じませんが」

と与助は、思った通りの壺《つぼ》なので、煙管《きせる》をとり出してゆっくり構えた。

「わたしが役に立つかどうか、一応お伺いしようじゃありませんか」

「いえ、これは滅多な人には申せませんので。それに誰でもできることではありませんので、ぜひ親分のお力にお縋《すが》りしなければなりません」

嘉兵衛は熱心な眼の色でいった。が、そういいながらも、あとをすぐに続けるのをためらっている様子なので、彦六が口を開いた。

「番頭の嘉兵衛さんが渋るのも無理はありません。では、口切りに私からざっと親分にお話ししましょう」

「誰からでもいい。話してみて下さい」

相談に押しかけて来ながら、容易に言葉を出さないことに与助が少し焦《じ》れていると、

「近江屋は袋物のほか、鼈甲《べっこう》、櫛《くし》、笄《こうがい》、簪《かんざし》などを卸している古い老舗《しにせ》ですが」

と彦六はいい出した。

「主人はいま申した通り徳右衛門といって五十三になります。お内儀《かみ》さんはお房《ふさ》といって今年二十八です。お気づきでしょうが、徳右衛門さんは五年前に前のお内儀さんと死に別れ、今のは後添いです。子供は前のにも今のにもありません。今のお内儀さんは三年前に芝の同業の家から来た女《ひと》ですがね。少々年齢は違うが、夫婦の間はごく

睦《むつ》まじく今まで暮して来ました。二年前に徳右衛門さんが中風で仆《たお》れて以来も、お内儀さんは信心詣《まい》りをつづけている位です。――ところが、そのお房さんが四日前の夕刻から急に見えなくなったのです。いろいろ捜したのですが、行方がどうしても知れません」

「四日前というと」

と与助は眼を挙げて勘定していった。

「先月の二十七日ですね？」

「そうです。お内儀さんは、この嘉兵衛さんに、ちょっと用足しに行って来るといって、行先もいわないで出て行ったそうですがね。それきり、未《いま》だに戻って来ません。中風で寝ている徳右衛門さんには、芝の実家《さと》の方に急病人ができたと嘘をいって匿《かく》しているのですが、何しろ外の事と異《ちが》って、いつまでも隠し了《お》おせることではありません。芝の実家や心当たりは内緒でこっそり捜したのですが、どこにも行っていないのです。この上は捜しようもなく、万一のことも考えられるので、思い余った嘉兵衛さんが私にこっそり相談されたのですが、無論私の力の及ぶことではありません。そこで幸い存じ上げている親分のことを話しましたら、嘉兵衛さんがたいそう喜びまして、ぜひにという次第なので、こうして同道してお願いに参ったような訳です」

彦六はここまでいうと、嘉兵衛を顧みた。

「それから先はおまえさんからじかにお話しして下さい」

「全く、彦六さんが申上げた通りでございます。主人は寝たきりで何にも知らずにおりますし、奉公人は五、六人いますし、手前もほとほと困っているような次第です」

嘉兵衛は実際に困《こう》じ果てたような顔をして頭を下げた。

相当な商家のお内儀が用足しに出たまま行方が知れずに四日経つ。なるほど合点のゆかぬことだが、与助にはその話だけでは腑《ふ》に落ちぬことがあった。

「番頭さんとしては、それはご心配でしょうな」

と与助は嘉兵衛に向っていった。

「けれど、わたしのところに持って来るからには、何もかも打ち明けて下さらないと困ります。おまえさんの話はそれですっかりではないでしょう？」

へえ、といったが、嘉兵衛はまだもじもじしていた。

「番頭さん。たいそういい難《にく》そうなお話のようですね。何ですかえ、お内儀さんが行方知れずになったのは、ほかに体面に係わるような筋合いでもありますかえ？」

与助が突くようにいうと、嘉兵衛は少しうろたえた顔で小鬢に手をやったが、

「仰言《おっしゃ》る通りでございます。それについては少々外聞を憚《はばか》ることなので手前も往生し

ておりますが、こうなれば何もかも打ち明けて申上げます。実は、お内儀さんの行方については心当たりがございます。それが、まことに困ったもので」

と思い切ったように、こう話し出した。

近江屋の女房お房は亭主思いで、徳右衛門に中気がついてからは、医者にも頼み甲斐《がい》がないので、信心詣りをしている。いろいろな神仏に迷った末、彼女が去年の暮から専ら通っているのは下谷竜谷寺《りゅうこくじ》前の西蓮寺《さいれんじ》であった。この寺に安置した不動明王が中気の病いにいいと人から教えられて、一心に参詣《さんけい》している。

西蓮寺は住職一人、所化《しょけ》一人、小僧一人、寺男一人という小さな寺で、住職は周恵《しゅうえ》といって五十過ぎ、所化は二十三、四で良泰《りょうたい》といった。お房はこの寺に三日に一度は必ず参って、本堂の脇侍の傍にある不動明王の前に半刻《はんとき》あまりも手を合わせて祈願して帰った。寺でも、この裕福な商家の熱心な信者を疎略には扱わなかった。

それだけでは別段の仔細《しさい》もなかったが、そのうちにお房と所化僧の良泰とが妙な具合に親しくなってきた。良泰はお房よりも四つ年下で、色は少し蒼白《あおじろ》いが、眉《まゆ》の濃い細面のきれいな若い僧である。どちらから誘ったのか分らないが、とに角、お房の不動詣りはいつの間にか良泰に遇《あ》うための信心となった。

二

番頭の嘉兵衛も今年の二月ごろからそのことに気づき、それとなくお房に注意したが、お房はあくまでも信心詣りだといい張った。別に確かな実証を押さえている訳ではないので、そういわれると番頭の立場である彼は黙るよりほかはなかった。お房は西蓮寺に出かけると二刻近くも帰って来ないことが多かった。

妙な噂を立てられないうちにと、嘉兵衛はお房が家にいるのを見すまして、ある日、西蓮寺に住職の周恵を訪ねた。かれは周恵に会って、婉曲《えんきょく》に良泰についての苦情を述べた。

「いや、どうも申訳ないことです。わたしも迂闊《うかつ》でしたが、遅まきながら、近ごろ薄々気づきましたので、この間から良泰を叱っております」

と周恵は恐縮したなかにも困惑した表情を見せた。

「しかし、両人の間はまだ間違いまでは起こしていません。それは安心して下さい。そのうち良泰をご内儀の前に出さぬようにして、修行に勤めさせます。こういう煩悩《ぼんのう》の絆《きずな》は仏道の修行によって断ち切るよりほかありませんからな」

周恵がそういったので、嘉兵衛はやや安心して帰った。良泰の方は修行によって断念するか知れないが、世俗のお房の方は諦《あきら》めるかどうか分らない。これは、そのうち西蓮寺の不動詣りを止めさせるよりほかになさそうである。嘉兵衛はそう思って手段をいろいろと考えた。

「その矢先に、お内儀さんがいなくなったので、これはもう少し早く手を打っておけばよかったと後悔しております」

と嘉兵衛は与助に語って悔むような顔をした。

「すると、お内儀さんは、その良泰と一緒に何処かへ姿をくらませたのですかえ？」

与助は煙管に莨《たばこ》を詰めかえながら、嘉兵衛の顔を見た。

「左様でございます。手前も愕《おどろ》き入ったような訳で。すぐに、ぴんと来ましたので西蓮寺に駆けつけますと、和尚《おしよう》さんも、えらいことをしてくれたと頭を抱えておりました。良泰がいなくなったのは、その日の晩の四ッ（午後十時）頃で、これも何処に行くともいわずに寺を出たそうです。それから小半刻もしてからお内儀さんが寺に来たのですが、良泰がいないと知ると、不動さまに手も合わさずにすぐに出て行ったそうです。どうも前後の事情から察しますと、両人は前から諜《しめ》し合わせてどこかに落ち合ったのではないかと思われます。どうも、お内儀さんも困ったことをしてくれました」

嘉兵衛は顔を顰《しか》めた。

話を聞いていると、これは若い坊主と、信心詣りに来ている女房との駆け落ちである。

どちらから誘ったか分らないと嘉兵衛はいっているが、恐らくお房の方から良泰に惚《ほ》れたのであろう。亭主は二十以上も年上で、しかも二年前から中風で臥《ふ》せている。閨《ねや》寂しい二十八の年増女房が、寺詣りしているうちに、年下の若い僧に気持が傾いてゆくのはありそうなことのように思えた。住職の周恵は、両人の間に間違いはないといったというが、それが当《あて》にならないことは今度の結果でも分っている。両人は疾《と》うに出来合っていて、良泰は破戒の罪を師に叱責《しっせき》される、お房はそれならいっそ何処かへ遁《に》げようと持ちかける、こんなことで両人は思い切ってこっそりと姿を隠したのであろうと与助は判断した。

いずれにしても、これはただの駆け落ちである。悪い噂が立って、古いのれんに疵《きず》がつかぬよう心配する番頭の苦衷は分るが、駆落者を捜してくれといわんばかりにしているこの来訪の目的に、与助は少々莫迦《ばか》らしさを覚えた。

すると、その顔色をよんだのであろう、嘉兵衛が膝《ひざ》を前にすすめていった。

「ただ、これだけ申したぐらいでは手前も親分さんにお願いには上がりません。お内儀さんの行方が心配になったのは、もう一人、西蓮寺からいなくなった男があるからでございます」

「もう一人――。はてな」

と与助は首を傾けたが、眼に光りが射してきた。

「それは誰ですか？」

「寺男の伊平《いへい》でございます」

「寺男。その寺男がいなくなったのは、いつごろからですか」

「それが二十七日の晩からでございます。和尚さんの話によりますと五ツ（午後八時）すぎから姿が見えなくなって、未《いま》だに帰らないそうでございます。どこにも使いにやった覚えがなく、身の回りの荷物はそっくり下男部屋に置いているとのことでございます」

お房と良泰だけが行方を絶ったとなれば単なる駆け落ちと断定できるが、同じ夜に寺男までが行方不明となると、少し筋が違ってくる。与助は、退屈していたこの話に急に興味を覚えてきた。

「その寺男の伊平というのは、どんな奴ですかえ？」

「手前は見たこともありませんが、和尚さんの話では四十二、三の男だそうです。何でも若い時は田舎回りの旅役者などしていたと話していたそうですが、この寺には三年ばかり前に口入屋から傭《やと》い入れたといっていました。何でも、こまめに働くことはよく働いていたそうです」

年増の町家の女房が消える。若い僧が消える。つづいて、もと旅役者をしていたという四十すぎの寺男が消える。同じ晩に起こったこの三人の失踪《しっそう》は、寺男が一枚加わったばかりに複雑な内容をもってきた。お房と良泰とは駆け落ちだとしても、伊平という男がそれにどんな係り合いをもっていたか、与助も俄《にわか》に判じることができなかった。

「なるほど、番頭さんのいうように、その寺男が一緒に行方を晦《くら》ましたのは不思議だ。まさか道行の供を買って出て、お内儀《かみ》さんと良泰のあとから振分け荷物を担いで行った訳ではあるまい」

「いいえ、それなら、まだいくらかよろしゅうございますが」

と嘉兵衛は真顔で心配そうな顔をした。

「その寺男が見えなくなったことで、手前は余計にお内儀さんの身が気がかりになったのでございます。万一、悪いことでも起こらねばよいがと胸騒ぎがしているような次第で」

与助も嘉兵衛の言葉にひそかに同感だった。伊平という寺男は西蓮寺で三年間、律義に働いていたというが、もともと渡り者である。世間馴《な》れのしない良泰と、愛慾《あいよく》に燃えて眼のみえないお房に、この伊平がどんな役割をもっているか分らないが、決していいことではなさそうに思えた。

「なるほど、そう聞けば、話の具合がちっとおかしいようだ」

と与助はいった。

「一体、寺男の行方が知れなくなったということを、おまえさんは和尚さんからいつ聞きなすったのかえ」

「はい。それは二十九日のことでございます。ちょうど、西蓮寺では地蔵堂の建立ができまして、その落慶行事がございました。手前の店では、その地蔵堂建立でかなり寄進しましたので、まあ檀徒《だんと》総代の一人という恰好《かっこう》で、主人の代りに手前が出た訳です。一つは様子をみたい下心もございました」

西蓮寺では一年も前から境内に地蔵堂の建立を目論《もくろ》んでいた。それに近江屋から相当な寄進があったのは、無論、お房の発言からである。それが二十八日には小さな堂が落成して、二十九日には初の会式《えしき》があった。運の悪いことに二十七日の晩から良泰がいなくなったので、和尚は同宗の寺から三人ばかりの僧侶《そうりょ》を頼んで法会の体裁を保った。そのとき、寺の台所では近所の女房たちが手伝いに忙しがっていたが、寺男の伊平さんはどうしたのだろう、伊平さんが見えないから勝手が分らない、と騒いでいた声が嘉兵衛の耳に入ったので、和尚の周恵に問い質《ただ》して事情が判ったのである。和尚は、折角のめでたい法会にかかわらず、蒼《あお》い顔をして沈んでいたという。

「ねえ、親分。合点の行かない話ですね」

と番頭をつれてきた彦六が横からいった。

「その寺男の伊平という奴が悪い野郎で、お内儀さんと良泰をだまして、何か企《たく》らんだのじゃないのですかね。嘉兵衛さんはそれを心配しているので」

与助は煙管の吸口を指で捻《ひね》りながら、黙ってうなずいた。

三

彦六と嘉兵衛が揃って帰ったあと、与助は縁先に出てぼんやりした。せまい庭には明るい陽が降っていて植込の若葉の色が萌えている。それに眼を遣《や》りながら彼は考えた。

お房と良泰との間は分るが、寺男の伊平がこの両人にどんな関係をもつのかよく分らない。二十七日の晩に、時刻に多少の違いはあるが、三人ともいなくなったのだから、伊平がまるきり無関係ということはあり得ない。嘉兵衛や彦六が心配しているように、伊平がお房と良泰とに何か悪いことを企んでいるのではないかという想像は一番考えられるが、さりとてそれがどんな筋立になるのか、はっきりは見当がつかなかった。

中風で寝ている近江屋の主人にいつまでも隠しておくことができないという番頭の嘉兵衛の苦労はよく分るので、何とか目鼻をつけようと受け合った与助も、ほかのことと異《ちが》って何処から手をつけてよいか分らなかった。ことに寺は寺社奉行の管轄で、町方が無断で取調べる訳にはいかなかった。

とに角、その寺を一度見ておかないと話にならないので、与助は女房に羽織を出させて家を出た。新しい袷《あわせ》に着更《きが》えて身体までが軽い感じであった。

車坂を下りてしばらく歩くと、辺りは寺ばかり多い区域に出た。与助は永昌寺《えいしょうじ》の角から幡随院《ばんずいいん》の方へ曲った。両側には長い塀ばかりがつづいている。南側の板倉内膳《ないぜんの》正《しょう》の中屋敷の塀の内側からは鼓の音が聴こえていた。

西蓮寺は、大きな寺と寺との間に挟まった目立たないくらい小さな寺であった。それでも、この付近には門前町があり、線香や樒《しきみ》を売ったり、参詣《さんけい》の客の休み茶屋があったりした。与助はそこで線香を二把買った。

西蓮寺の小さな門をくぐると、すぐに正面に本堂があった。それは近所の大きな寺院にくらべると、いかにも小さくて見すぼらしかった。その本堂の脇にさらに小さな堂があった。新しい屋根瓦《がわら》が陽に輝いていた。無論、これが三日前に建てた地蔵堂だった。

与助は地蔵堂の前に線香を供え、手を合せた。新しい地蔵は早くも新しい前垂れをかけて立っていた。竹筒には花が一ぱいに挿《さ》してある。二十九日に初の供養があったというだけに、その賑《にぎ》やかな名残りが地面に撒《ま》いた白い砂に遺《のこ》っていた。地蔵堂は四間四方くらいの区域の中にあって、簡単な囲みの杭《くい》が打ってあった。

参詣人は与助を除いて一人もなかったが、彼が立ち上がると、本堂の横で白い着物をきた小坊主が箒《ほうき》を握って彼の方を見ていた。与助は微笑しながら歩み寄った。

「おまえさんはこの寺の小僧さんだね？」

小坊主は黙ってうなずいた。十五、六ぐらいだが、ひ弱そうな身体をしていた。与助は紙にいくらか包んで小坊主に渡した。小坊主は愕《おどろ》いた眼をしたが、案外素直なお辞儀をして受け取った。

「おまえさんは何という名だね？」

「珍念《ちんねん》といいます」

小坊主は答えた。

「うむ、珍念さんか。わたしは近江屋の親戚《しんせき》の者だが、和尚《おしよう》さんはいなさるかえ？」

近江屋の親戚と聞いて、小坊主の珍念はまたびっくりした眼つきをしたが、

「はい、庫裡《くり》の方におられます」

と丁寧な態度でいった。

「何か用事でもしていなさるかえ？」

「いえ、少し加減が悪いといって寝ておられます」

「そりゃいけねえ。病気かね？」

「病気というほどでもありませんが」

と珍念は少し口ごもった。

与助は和尚が寝込んでいる気持が分るような気がした。所化《しよけ》の良泰は大事な檀家《だんか》の女房と駆け落ちする。寺男も一緒に意味不明の消え方をする。そこにもってきて、地蔵堂の初供養はある。その心痛と気苦労とが重なって、寝込んでいるのであろうと思った。

しかし、今日ここに来たのは、住職に遇《あ》って話を聞いてみる目的もあったので、与助もあまり遠慮してはいられなかった。

「もし和尚さんに差しつかえなかったら、近江屋の親戚の者が来て、ちょっとお目にかかりたいといっていると、取り次いで貰《もら》いたいがね」

珍念はうなずいて箒を措《お》くと、小走りに本堂の裏に消えた。隣りは法華《ほっけ》宗とみえて、賑やかな太鼓が聞こえてきた。

やがて珍念が戻ってきて、与助を庫裡に案内した。

庫裡の奥まった部屋で和尚の周恵は与助を迎えた。起きたばかりとみえ、蒲団《ふとん》は片づけてあった。

「わたしは近江屋の親戚の者で太兵衛《たへえ》と申します。お疲れのところをお邪魔して相済みません」

与助は挨拶《あいさつ》した。和尚の周恵は五十前後の体格のいい僧だったが、その顔に元気のないことが、初対面の与助にも分った。

「近江屋さんには誠に申訳ないことをいたしました」

と周恵は、近江屋の親戚に化けた与助に向って鄭重《ていちょう》に頭を下げた。

「こんなことになるのだったら、早く良泰を何処かへ追い遣るのでしたが、その決心がつきかねて叱ってばかり居たのが誤りでした。何とも、近江屋さんの方には面目なくて合わせる顔もありません」

周恵は嗄《しわが》れた声で何度も謝った。

「いえ、そう仰言《おつしや》るとこちらも少々恥ずかしくなります。何と申しても、手前の方にも落度があります」

恋愛は一方だけでは成立しない。寺の側からいえば、お房が良泰を誘惑して破戒の罪を犯させたということもできる。いわばこの両人の不始末に関しては、罪は五分五分であった。

「良泰はご内儀を連れて何処に行ったものか、そればかりが心痛で、夜も落ちついて睡れません」

と周恵は弱った声でいった。

「良泰の在所は越後《えちご》の山奥で、おいそれと捜《たず》ねて行くこともできませんが、おそらく其処《そこ》には行っていないでしょう。良泰には百姓はできませんし、ことに女連れですからな。何処ぞ途方もない所でうろうろしていて、悪い分別を起こさねばよいがと、それが心配です。良泰はとも角、道連れになったご内儀に万一のことがあると、いよいよ近江屋さんに申訳が立ちませんでな」

「その駆け落ちのことですが」

と与助はいった。

「番頭から聞きましたが、その晩に寺男もいなくなったそうですが」

「そのことです」

と周恵は頭を押さえた。

「伊平という奴でしてな。どういう訳か姿を消して見えなくなりました。わたしには何故伊平が急に逃げたのか見当がつきません。三年もこの寺にいて、実直に働いていた男ですが」

「良泰さんとは仲がよかったのですか？」

「ご覧のように、小さな寺で、わたしと良泰と伊平と、それに珍念という小僧と四人だけですから、お互に仲違《なかたが》いというようなことはありませんでした」

「その伊平は、良泰さんとうちのお房と一緒でしょうかね？」

「さあ」

と周恵は困り切った眼をした。

「その辺のところが、わたしにはよく分りません。同じ晩のできごとですから、一緒のようでもあるし、さりとて伊平が両人に同行するという理由《わけ》もわたしには考えられません。いや、まことにどう考えてよいか、困ったことになりました」

周恵は難儀そうな吐息をはいた。

与助は、しばらくして庫裡を出た。結局、住職に遇っても、彼は弱り切っているだけで、その口から手がかりらしいものは得られなかった。与助が帰りがけに、地蔵堂の方に眼を遣《や》ると、その一画の地面の白い砂が陽をうけて清浄に光っていた。その横で小僧の珍念が箒を動かしていた。

与助は、何か考えるような眼《まな》ざしで、少しの間それを見ていた。

四

それから二日ばかり、与助に何の思案も無いまま、ほかの事件の探索にかかっていると、四日の午《ひる》すぎに、下谷御箪笥町《おたんすちょう》にいる手先の銀太《ぎんた》が、慌だしく与助の家に駆け込んできた。

「親分、えらいことが起きましたぜ」

銀太は女房に髪結床《かみゆいどこ》をさせているので、床銀というあだ名がついていた。与助が使っている手先の中では眼はしの利く方だった。

「どうした、床銀。おめえに似合わねえ泡の食い方だな」

与助は彼を上にあげた。

「まあ、聞いておくんなさい。今朝、金杉《かなすぎ》の三輪町《みのわちょう》の横丁で、野良犬が女の肉ぎれを咬《くわ》えて歩いていましたので」

「何だと」

と与助は煙管を叩《たた》いた。

「床銀。詳しく話してくれ」

「へえ。追い追い話します」

今朝の四ツ（午前十時）ごろのことである。金杉三輪町の往来を一匹の大きな赤犬が何やら咬えてうろついているのを町内の者が見た。気づくと咬えた物から黒い房が垂れ下がっている。眼を凝らしてよくみると、それが女の長い髪の毛だから発見者は仰天した。近所の者を呼び立て、四、五人で棒ぎれを持って野良犬を追いかけた。犬は棒に追われて、惜しそうに獲物を口から放して逃げた。路上に放り出された髪毛は、かもじではなく、その根元に厚い肉のきれが付いていた。

番太郎から土地の御用聞きに知らせたので、その辺の縄張りをもっている佐太郎《さたろう》という岡っ引きが、その辺一帯を調べた。するとその野良犬は一軒の空家の床下に入ってまだ何か前脚で掘りながら首を突込んでいた。咬えた肉片はそこから取って来たに違いなかった。早速に人間を集め、床下を掘ってみると、半分腐りかけた女の死体が出て来た。顔の半分は犬に食いちぎられて、ふた目とは見られない無残な有様だった。

いま、その検視が行われているというのである。

「ねえ、親分。その女の死体が、もしや近江屋の一件ものじゃありませんかね?」

銀太は一昨日来たとき、与助からその話を聴いて帰っていた。

「そうかもしれねえ」

と与助はいった。

「早速、金杉まで出かけよう。そうだ、おめえは近江屋の番頭を呼んで、一緒にあとから来てくれ」

「分りました」

与助は、折から曇りかけた鬱陶《うっとう》しい空の下を急いだ。風はもう生暖かった。

死体はすでに辻番《つじばん》の中に運びこまれていて、蓆《むしろ》がかけられてあった。御用聞きの佐太郎が与助の顔をみて、

「おう、下谷か」

と眼で笑った。佐太郎は古い岡っ引きで、頭の半分は白髪《しらが》であった。

「金杉のおじさん、えらいものが出て来たそうだね」

与助は挨拶をした。

「うむ、もう、おめえの耳に入ったか。いま、検視が済んで旦那《だんな》が帰られたところ

だ」

「縄張り違えのおれが面を出すのは気が引けるが、少々心当たりがあるのでやって来た。もう仏の身許《みもと》は分ったかえ?」

「それが、まだ分らねえ。着ている着物は上ものだし、二十七、八の女だが、この近所の者ではなさそうだ」

「それじゃ、やはりそうかもしれねえ。ちょいと拝ませて貰《もら》うぜ」

「いいとも」

与助は屈《かが》んで、蓆の一端をはぐった。顔の額から右の頭にかけて、食いとられたあとがざくろのようになってむごたらしい肉を出していた。豊かな髪の毛の四半分は失われ、剃《そ》った青い眉《まゆ》と、少しのぞいた黒い歯の恰好《かっこう》のいい唇にもかかわらず、その美しい顔だちだけに余計に凄《すさ》まじさを感じさせた。頸《くび》の回りには痣《あざ》のような黒い輪がはっきりとついていた。

この絞殺死体は近江屋の女房に違いないと思ったが、与助は会ったことがないのでお房の顔を知らない。それを確認するにはあとから来るはずの番頭嘉兵衛の実検を待たねばならなかった。

「やっぱりおめえの心当たりの仏かえ?」

佐太郎は立ち上がった与助に訊《き》いた。

「九分九厘まで間違ぇねえと思うが、いまに身内の者がここに来ることになっている。その前に、おやじさん、この仏を埋めてあった空家を見せてくれねえか」

佐太郎は承知して与助を案内した。空家は引込んだところにあり、その裏は一帯に田圃《たんぼ》になっていた。金杉もこの辺まで来ると、田舎だった。

空家は両隣りが離れていて間には杉垣があり、一軒家のようになっていた。なるほどどこの内で声を立てても近所には聞えないだろうと思われた。

「この家は前から空いている家かえ？」

「うむ、二年前から空いている。前の借り主が越してからは誰も来ねえ。何しろこの辺は田舎だからな」

佐太郎はいって、先に家の中に入った。

床の板をはがして、その下の土がぽっかり穴を空けていた。それが死体を掘り出したあとであった。

「野良犬が臭いをかいで死人の肉をくいちぎり、髪毛のついたものを咬えて歩くなんざ、南北《なんぼく》の芝居の趣向にもねえ怪談だな」

と佐太郎はいった。もし、犬が肉を咬えなかったら、この死体の発見はもっと遅れたに違いなかった。

現場を見て、番屋に帰ると、銀太が近江屋の番頭嘉兵衛を連れて来ていて、嘉兵衛は蓆をかけた死体に合掌していた。

「親分さん」

と嘉兵衛は眼を赤くして与助にいった。

「たしかにうちのお内儀《かみ》さんです。こんなあさましい姿になって、なんとも思いがけない対面です」

嘉兵衛は泪《なみだ》を流していた。

「うむ、やっぱりそうでしたか」

与助は腕を組んで答えた。

死体の様子を見るとその崩れ加減から七、八日は経過している。殺されたのは、お房が見えなくなった二十七日の晩か、二十八日ごろであろう。しかし、与助は何となく二十七日の晩のような気がした。西蓮寺に来たお房を誰かがこの空家に連れて来る。兇行《きようこう》はその夜のうちに行われた。二十八日だと、いくら空家でも近所の誰かが人のいることに気づいたに違いない。つまり、お房は短かい時間のうちに空家に誰かといて殺されたのである。

それが駆け落ちの相手の良泰か、それとも寺男の伊平か、与助にはどちらとも決し兼ねた。そして、そのいずれにしても、何故お房をその夜のうちに絞めなければならなかったか、その原因の推測が立たなかった。

「下谷の」

と佐太郎が横からいった。

「どうやらこれは、おめえが先に手をつけた一件らしいな。遠慮はねえから、この探索はおめえがやってくれていいぜ」

「おじさん、済まねえな」

佐太郎が手をひいて任せてくれたので、与助は礼をいった。

五

良泰と伊平の行方は依然として分らない。お房を殺したのは、そのいずれか、又は両人でしたのか、或《あるい》はまるきり表面に出て来ない第三者がしたのか、与助が断定しかねているうちに、近江屋からは不幸な葬式が出た。

近江屋は聞えた老舗《しにせ》だけに、その葬式は会葬者が多くて賑《にぎ》やかであった。しかし、仏の死因が知れ渡っているだけに、どの会葬者の顔も痛々しそうな暗い表情をしていた。葬式は盛大だったが、普通よりはずっと湿っぽかった。

与助は、その会葬者の中に紛れこんだ。彼は手にかけた数珠《じゅず》を神妙そうに揉《も》みながら、眼をあたりにそっと配っていた。

新仏の生前の因縁からか、今日の導師は西蓮寺の住職の周恵だった。周恵は飾り立てた棺《ひつぎ》の前で長い長い読経をした。思いなしか、その声には力がなく、後から見ると両肩が落ちていた。

読経が済むと、焼香がはじまった。一番前にいる主《あるじ》の徳右衛門が番頭の嘉兵衛に扶《たす》けられて、不自由な身体をいざり寄せて死んだ妻の霊に合掌しているのが人目をひいた。徳右衛門にはお房の死の真相を聞かせてないということだったから、余計に一同の同情を集めた。

喪主の焼香が終ると、親戚《しんせき》の焼香となる。それが済むと、会葬者の順となった。人々は次々と立って、霊前に香を焚《た》いた。交際の広い商家だけに、男も女もなかなか多勢で混み合った。

与助が、ふと見ると、今も中年の女の後姿が合掌してさがるところだった。場所だけに、黒っぽい細かい小紋だったが、その地味な中にも、どこか意気なところが見えた。女は焼香を終ると、傍に経を誦《じゅ》している導師に向って人一倍丁寧なお辞儀をした。

実は、それが与助の注意を惹《ひ》いたのである。導師の周恵も、それに何気なくうなずいた。が、その女を見たときの周恵の眼には気のせいか瞬間の変化があった。女はそのまま起《た》って、ほかの人にまぎれて出て行った。ちらりと横顔を見たのだが、白粉《おしろい》を白く塗っているだけで、さしてきれいな女ではなかった。

与助は嘉兵衛の後に進んで、低声《こごえ》で訊いた。

「もし、番頭さん、今、焼香して行った女のひとは誰ですかえ？」

嘉兵衛も与助の方に頭を傾けたが、首を振った。

「知りませんね。手前の存じ上げないお方です。取引先の家から、誰かの名代に来られた方かも知れません」

そんなことを話しているうちにも、女の姿は混雑している会葬者の間に消えてしまった。与助はすぐに起って戸口まで追ったが、見つけることはできなかった。

戸口には手先の銀太が近江屋の傭《やと》い人のような顔をしてぼんやり立っていた。与助が眼顔で呼ぶと、銀太は近づいて来た。

「おい、床銀。いま三十四、五くらいの黒っぽい小紋を着た年増女が出て行ったろう？」

与助が低声でいうと、銀太は首を捻《ひね》った。

「さあ、やけに女も男も多い葬《とむれえ》だから、うっかりしていて気がつきませんでした」

銀太は頭を掻《か》いた。

与助は、しばらく考えていたが、これから西蓮寺に行くから、なおもよく見張っているようにといいつけて近江屋を出た。門口には葬式が出るのを見送るため、近所の女房たちが垣をつくって集まっていたが、その中にもさっきの女の姿は見当たらなかった。

西蓮寺まで行くと、与助は門をくぐるまでもなかった。小僧の珍念が向うから歩いて来るのに出遇《であ》った。

「やぁ、珍念さん」

と与助が声をかけると、向うでも彼を覚えていて、にっこり笑って頭を下げた。この間もらった一朱の礼心が見えた。

「今日は、和尚《おしよう》さんが留守なので、おまえさんも命の洗濯だね」

「はい」

珍念は顔を赤くした。かれはその辺に遊びに行くつもりで出て来たことは与助も推察した。

「どうだ、そこいらで、団子でも食べようか」

与助が誘うと、珍念は門前町の茶店の中までついて来た。団子が運ばれると、かれはおいしそうに食べた。

「どうだね、和尚さんは変りはないかえ?」

与助はあたりに客のないのを確かめて、低い声で訊《き》いた。茶店の者も遠のいていた。

「あれからご機嫌が悪くて困ります」

と珍念はませた口吻《くちぶり》で答えた。

「どう機嫌が悪いのかえ?」

「何だか一日中、いらいらして叱ってばかりいます」

「そりゃとんだ迷惑だな。その代り、今は充分に食べておくれ」

和尚が苛立《いらだ》っている気持はよく分った。所化《しょけ》も寺男も無断で逃げ出す。大事な檀家《だんか》の女房は、それに係り合いのありそうな無残な死方をする。この噂が、ぱっと拡がったら、寺の運命にもかかわりそうだった。折角、この間、地蔵堂を建立して参詣人《さんけいにん》を集めようとしたのに、それでは水の泡になってくる。

「和尚さんと良泰さんとは日ごろから仲がよかったのかえ?」

団子で釣る訳ではないが、与助は珍念に少しずつ探りを入れた。

「はい、前はよかったのですが、近ごろでは和尚さんが叱ると、良泰さんも口応《くちごた》えするようになりました。そんな口喧嘩《くちげんか》をときどきしていました」

「うむ。そりゃいけないな。で、どんなことで口喧嘩していたのだえ？」

「わたしの前ではしません。わたしが入って行くとすぐに止めますから。話は聞えませんが、いい合いをしているのは確かでした」

「それは、近江屋のお内儀さんが参詣に来るようになってからだろう？」

「はい」

珍念は小さいあごをうなずかせた。

和尚が良泰を叱るのは理由が判っているが、良泰が口返事していい合いになるというのは少し妙であった。近江屋のお内儀と懇《ねんご》ろになるのを戒められている良泰が、口喧嘩するほど師の周恵に強くいい返すのは何故か分らなかった。

「寺男の伊平さんはどうだね、和尚さんにも良泰さんにも気に入られていたかえ？」

「わりと気に入られていました。時々、面白いことをいって笑わせる人ですから。けれど、わたしはあまり好きではありません」

「ほう、何故だね？」

「なんだか意地悪いところもありましたから」

小僧と寺男では、掃除や雑用の上で面白くないこともあったに違いないから、珍念のいう意味は分った。

「伊平さんは、和尚さんと良泰さんの口喧嘩を知っていたかえ？」

「知っていたようです。ずるい人ですから、立ち聞きなどして、陰で舌を出して笑っていました」

「そうか」

与助は腕を組んだ。何だかこみ入った事件の内容も、それで半分はぼんやり解けそうに思えた。

「良泰さんと伊平さんが二十七日の晩から見えなくなったが、おまえさんはその晩のことを知っているかえ？」

「知りません。その晩は風邪をひいて、早く庫裡《くり》の離れで寝ていましたから。二人がいついなくなったのか朝まで気がつきませんでした。ただ――」

といいかけて珍念は口ごもった。

「ただ、どうしたのかえ、変ったことでもあったかえ？」

与助は促がした。

「はい。ただ、和尚さんが夜明け前ごろに寺にかえって来たことは覚えています」

「なに、夜明け前ごろに外から戻った？」

与助もさすがに気色ばんだ。

「はい。わたしが不浄に起って戻ったときに、裏のくぐり戸が開いた音がしたので覚えています。それから足音が和尚さんの部屋に入って行きました。いつもはそんなことがないので、おかしいな、と思いました」

それでは二十七日の晩に寺から出て行ったのは三人ではなかった。和尚の周恵も出たのだ。ただ、かれだけは夜明け近くになって寺に帰った。一体、どこに行ったのだろう。

「夜が明けたその日は、大工や石工が来て地蔵堂を建てたので、和尚さんは眠い眼をしてそれを見ておりました」

珍念は団子を食べて口を動かしながらいった。与助は思案顔に腰から莨《たばこ》入れを抜いた。

それから暫《しばら》くして彼は珍念を送って西蓮寺に行ったが、地蔵堂の前に立ってかなりの間、ながめていた。地面の白い砂は余程散っていた。

六

それから二晩、与助と銀太は西蓮寺の付近を張り込んだ。寺内には寺社奉行の諒解《りょうかい》なしには踏み込めない。二人は西蓮寺の裏門の塀の前にある茂みにしゃがんだ。まだ藪蚊《やぶか》が出て来ないので助かった。

目的は三日目の晩に遂げた。

夜が更けると、寺の多いこの辺は深山のように静かだった。今夜も無駄骨かも分らないと思ってしゃがんでいると、四ツ半(午後十一時)近くなって、足駄の音が聞えてきた。

「親分」

と銀太は低く注意した。暗いところだが、足駄の主は星明りにぼんやり輪郭を見せた。それは手拭《てぬぐい》をだらりと髪の上から被《かぶ》っている女の姿だった。女は、裏門の戸を開けると寺の中へすうと消えた。

「親分。あれは和尚の情婦《いろ》ですかえ?」

銀太がきいた。与助は低く笑った。

「まあ黙っていろ、おめえは音のしねえように、あの塀の上によじのぼって、内の様子を見て来い」

「ようがす」

身軽な銀太は塀の上に手をかけて上った。こんなことに慣れている彼は、音を立てないで塀の上に身体を匍《は》って寝せた。与助はじっと見まもった。

やがて銀太が身を起こして、やはり音せぬように塀から下りて与助の傍にやって来た。

「親分、和尚が庫裡から出て来てあの女と外で会っています。女の方が戸を叩《たた》いて合図して呼び出したのですね。和尚が女に金らしいものを遣《や》っていますよ」

銀太の報告をきいて与助はまた低く笑った。

「そんなことだろうと思った」

「やっぱり、あの女は和尚の情婦ですぜ」

「そうかも知れねえな。和尚も飛んだ深間にはまったものだ。まあ、向うが出て来るまで待っていろ」

その小さな声が終らぬうちに、裏門の戸が開いて、さきほどの女が出て来た。顔を手拭で包んでいるが、歩き方が少し乱暴だった。

「銀太、つけろ」

二人は繁《しげ》みから出て女のあとを追った。

二十間ばかりつけてから、与助は急に大きな声を出した。

「銀太。そいつをひっ捉《とら》えろ」

その声を後に聞いて、女は飛び上がった。それから一散に駆け出した。銀太は後から追いついてとびかかった。意外にも女は強い力で抵抗したので、銀太は一度ひっくり返った。

「銀太。女と思って遠慮することはねえ。そいつは男だ」

銀太が起き上がる間に、与助は相手の肩を摑《つか》んでひき戻した。女の姿は地上に倒れ、頭の鬘《かつら》が地上に転がった。

「やい、てめえは寺男の伊平だろう。女形《おやま》の装《なり》をして和尚《おしょう》を強請《ゆすり》に行くなんざ芝居気のいつまでも抜けねえ野郎だな。こっちへ来い。番屋でゆっくりその白粉面を見物してやらあ」

番屋に連れて行って、番太郎の老爺《ろうや》から蠟燭《ろうそく》を借りて灯をさし出すと、鬘下の白い布を捲《ま》いた四十二、三の皺《しわ》の多い男の顔が現れた。

「やい、伊平。何で和尚をゆすぶりに行ったのか、その次第をいえ」

与助がいうと、伊平はうなだれたままで答えた。

「強請に行ったんじゃありません。小遣いをもらいに行きました」

「その小遣い銭に曰《いわ》くがあるだろう。その次第をはっきりといえ」

伊平は黙っていた。着ている女物の黒地の小紋の着つけが乱れ、彼の黒い毛脛《けずね》が出ていた。

「やい、黙っていちゃ分らねえ。おめえがいわなきゃおれが代りに喋《しゃべ》ってやろうか。おれはおめえと違って役者をしたことがねえから台辞《せりふ》はトチるかも分らねえが、その時は直してくれ」

与助は伊平を見据えていった。

「先月二十七日の晩、近江屋のお内儀《かみ》がいつものように良泰に遇《あ》いに来た。その時は良泰はいなかったのだ。良泰はこの世にいなかったから遇えるはずがねえ。和尚と良泰はいつも口喧嘩《くちげんか》していた。それは近江屋の新造のことだが、分《ぶ》の悪い良泰が和尚にいい返すのは、和尚も、新造に惚《ほ》れていたからだ。無理もねえ、和尚も五十とはいえ女から遠ざかった独り者だ。近江屋の新造のきれいな顔を見ては、心が動くのは道理だ。それを良泰が知っているから、和尚の吐言《こごと》が嫉妬《やきもち》に聞える。いい返しているのはそのためだ。どうだ、今までの台辞に間違えはねえか。おめえは両人の口喧嘩を立ち聞きして知ってるはずだ」

伊平は何にも答えなかった。

「二十七日の夕刻にも、その口喧嘩がはじまった。和尚はかっとなって、良泰にとびかかった。若くても良泰は、腓《もも》が弱くて力がねえ。それに引きかえ和尚は五十でもあの体格だから力が強《つえ》え。とうとう組み敷いて絞めたか、何かの棒で殴ったか、良泰を殺してしまった。何しろ、女に絡んだ恨みは恐ろしいやな。ところで殺してみて、死体の始末に困った。いくらお寺でも檀家《だんか》の持込みの仏とは異《ちが》わな。弱っているところへ、その場に来たおめえが知恵を貸したか、和尚がいいつけたか、両人で始末をした。どこに始末をしたか、あとで聞こうじゃねえか」

伊平は肩を縮ませた。

「さて、そのあとに新造が来た。和尚は迷っているから、いっそ女を自分のものにしようと企《たくら》んだ。そこでおめえにいいつけて、何処か知り合いの家に預けて、あとでゆっくり料理しようと思った。新造には良泰が其処《そこ》で待っているとでもいい含めるから女はよろこんでおめえの案内について行く。おめえは和尚のいいつけ通り、新造を連れ出したが、どっこいそれから先が和尚の筋書とは違った。おめえは、新造をとんでもねえ金杉の空家に連れ込んだのだ。というのは、おめえも新造に惚れている。西蓮寺が総がかりで近江屋の新造に往生したのだ。女もあんまりきれいに生まれると思わねえ災難に遇うものだな」

「さて、おめえはかねて二年も空いている金杉の空家を知っているから、新造をそこへ案内した。女は来てみると待ってるはずの良泰がいねえ。その代り、案内した寺男のおめえが、いやらしいことをいい出した。女は逃げ出そうとする。おめえは力ずくでも思いを遂げようとする。争っているうちに、思わず力が入ったか、それともいうことを諾《き》かねえ女に腹を立てたか、とうとう首を絞め殺して了《しま》った。可哀そうに新造も恋しい良泰の手にかからずに、おめえのような男に殺されちゃ浮ばれめえ。揚句の果に、埋められた床下に野良犬が入って、顔を食い裂かれたんじゃなおさらだ。おめえのような男に亡霊が取りつかなければ、とりつく奴はあるめえ。おかしいのは和尚だ。てっきりいいつけ通りの家におめえが女を連れ込んで待っていると思って、色男を気取ってあとから出かけたが、案に相違して来てはいねえ。それでもあとから来るか来るかと待っていたが、とうとう待ち呆《ぼう》けよ。和尚はあわれにも夜明け前にとぼとぼと寺に帰ったそうな」

伊平は黙ってさしうつ向いていた。

「やい。黙っているところを見るとおれの台辞にトチリはねえようだな。てめえは悪党だから、そのまま逃《ず》らかる男じゃねえ。友達か仲間の家にごろごろしていたが、小遣銭がなくなる。そこで一心発起して和尚強請の段となったのだ。和尚は良泰を殺した弱味があるから口が開かねえ。そこで、芝居気の失《う》せねえおめえは、若い時に習った女形の恰好《かっこう》で年増女に化け、近江屋の葬式に出て焼香の時に和尚と顔を合せ、先《ま》ず和尚のど肝を奪っておいたのだ。それからあとは、そのままの恰好で西蓮寺の裏からゆすぶりに出かけたのだ。一つはもとの恰好じゃ他人《ひと》から見られる恐れもあったに違えねえ」

与助は、いきなり伊平の頬を張った。

「やい、おればかり長丁場を喋舌《しゃべ》らせずに、てめえも何とかいえ。いえねえのか。口が利けなけりゃ序《つい》でに幕までいってやろう。良泰の死体は何処に匿《かく》した？　そいつがこの芝居《しべえ》の見所だ。やい、うめえところに匿したな。建ったばかりの地蔵堂の地の下とは誰も気がつくめえ。死体を埋めたのが二十七日の晩、まだ堂は建っていねえ。おめえと和尚はその晩、まだ近江屋の女房が来ねえうちに埋めたのだ。幸い小僧は風邪をひいて裏で寝ているから誰も知らねえ。万事は好都合よ。ふふ。何もびっくりすることはねえ。そのあとで建てた地蔵堂の地面には白い砂が一めんに撒《ま》いてあった。何処の寺でもあんなことをしたことがねえ。不思議だと思ったが途中で分ったのだ。あれは一つは地の下に埋まった良泰への和尚の供養、一つは、白砂で威厳をつけて誰も地蔵堂の四間四方の囲いの内へ近づけさせなかったためだ。やい、伊平。おれも唾《つば》がなくなって咽喉《のど》が渇いた。この辺で何とか受け台辞を吐け」

「恐れ入りました」

と伊平は両手を突いて、がっくりしていった。

それを見て、与助は銀太にいった。

「明日は寺社の旦那方《だんな》に渡りをつけて、和尚をしょびいて来るのだ。どれ、おれに水を呑《の》ませろ」

七種粥
（ななくさがゆ）

一

その年正月六日は雪であった。

「よく降るな」

と、庄兵衛《しょうべえ》は炬燵《こたつ》の中にまるくなりながら、中庭の松の上に積った雪を見て云った。広い家の中だが、しんとしている。

「七種《ななくさ》が明日にきて、やっと正月らしい気分になったわな」

と、お千勢《ちせ》は庄兵衛に茶を淹《い》れながら答えた。

「うむ、おおきにそうだ。三ガ日は、まるで休んだような心地がしなかったからの」

と、庄兵衛は若い女房のお千勢から渡された湯呑《ゆのみ》を手で囲いながら、軒から落ちる白いものを眺めた。

庄兵衛は、日本橋堀留《ほりどめ》でかなり手広く商売をしている間道《かんとう》織物の問屋であった。今年四十九の小厄だ。先妻は七年前に死んで、いまのお千勢を五年前に迎えた。年は二十くらい違う。その器量を望んで庄兵衛が川越《かわごえ》からもらった。お千勢の親は川越の地主だが、いったん嫁に行ったのが亭主の若死で家に戻っていたのだった。

三ヵ日は年始の客でごった返した。商売が大きいだけに客も多い。殊に女たちは、その接待に忙殺された。だが、そうした忙しさも二日前に終って今日の静かさだった。家に居るのは手代と丁稚《でっち》ぐらいで、番頭も古い手代も通いだから、いつになく家の中はがらんとしている。奉公人は部屋に引込んでいた。松の内も終りになると、みんな怠惰になってしまっている。双六《すごろく》でもしているのか、ときどき若い笑い声が遠くから聞えた。

と、表を声が通った。

庄兵衛がそれを耳にして、

「明日は七種だな。お千勢、もう支度《したく》は出来ているのかえ?」

と訊《き》いた。

「いいえ、まだだけど、そう急ぐこともないよ」

と、女房も触れ売りの声が遠ざかるのを聞きながら答えた。

「さっきから、こうして炬燵に当っているが、ずいぶんなずな売りも通るものだな。だが、あんまり残りものにならないうちに買っておいたほうがいい」

「あい、そうします」

お千勢は腰をあげた。正月だから、日ごろより化粧も少し厚くしている。庄兵衛は、女房の後ろ姿が障子《しょうじ》の外に消えるのを満足そうに見ながら、残りの茶をすすった。

お千勢が台所に行くと、女中のお染《そめ》が火鉢を両手で抱えるようにして餅《もち》を焼いていた。

「いま何刻《なんどき》だえ？」

「そろそろ八ツ（午後二時）になります」

「もう、そうなるかえ。明日は七種だから、なずなを買うことにしよう」

「おかみさん。それはわたしどもでやります」

「なに、久しぶりにわたしも買ってみたい。日ごろの買物と違うからね」

お千勢は、裏口から傘を開いて往来に出た。雪はまだしんしんと降っている。どの家も入口を半開きにして籠《こも》っていた。往来には人影が少なかった。

お千勢が佇《たたず》んでいると、向うから蓑《みの》を着たなずな売りが天秤棒《てんびんぼう》をかついで来た。彼の菅笠《すげがさ》の上にも蓑にも雪が溜《たま》っていた。「なずな、なずな」とその男は少し甲高《かんだか》い触れ声をしていた。

お千勢が呼止めるまでもなく、なずな売りは軒先に立っている彼女を認めて、自分から近づいて来た。

「おかみさん、なずなを買っておくんなさい」

お千勢は籠《かご》を見た。雪をかぶった青い草が両方の籠からはみ出ていた。

「おまえさんはどこから来なさったのかえ？」

お千勢はなずな売りに訊いた。

「へえ、池袋の在から来ました。おかみさん、安くしておくから買っておくんなさい」

「じゃ、そこに下して見せておくれ」

なずな売りは天秤棒を肩から下した。籠の雪を手で払うと、下から鮮かな青い色が現われた。七種は、せり、なずな、ごぎょう、はこべら、ほとけのざ、すずな、すずしろ、の七種類となっている。

「わりと新しいようだねえ」

「へえ、今朝、畑から採って来たばかりで。わっちは少し出遅れたため、荷があまり捌《さば》けません。おかみさん、祝儀物だ。おめえさんところは人数も多い大店《おおだな》のようだから、景気をつけておくんなさい」

彼は云った。その笠の下の顔は三十すぎぐらいであった。あまり百姓の顔とは思えなかった。しかし、なずな売りは近在の百姓だけでなく、それを当てこんで貧しい者が仕入れをして売りにくる。

「どれがなずなで、どれがはこべらかえ?」

と、千勢は青い草に眼を向けた。

そこに別な傘が近づいて来た。

「おかみさん、なずな買いですかえ?」

と、四十年配の男が声をかけた。彼は番頭の友吉《ともきち》だった。店では一番古く、近くの家から通ってきていた。

「明日の支度に」

と、千勢は笑った。友吉も一緒に野菜籠の中をのぞきこんだ。

「どれがなずなで、どれがはこべらだ?」

と、友吉も千勢と同じようなことを菅笠の男にきいた。

「へえ、これがそうです」

なずな売りは指で区別して見せた。

「こっちが、芹《せり》です」

「芹ぐれえは分らあな。けど、おれは下町生れで野菜のことはさっぱり分らねえ。おかみさんのほうが詳しいだろう」

友吉が云った言葉には、千勢が川越から来ている意味が含まれていた。千勢にはそれが皮肉に聞えたのか、少し厭《いや》な顔をした。

「わたしだって、そんなに知ってはいないよ」

千勢は急いで云うと、なずな売りに値段をきいた。

「そいつは少し高え」

と、また、友吉が横から口をはさんだ。彼は少し正月酒が入っていた。

「どうせ、野っ原から摘み取ってきた草だ。資本《もと》はタダだ。安くしておけ」

「あんまり正月からあこぎなことは云わねえでおくんなさい。朝早く、雪をかきわけて採ったのだ。その苦労も察しておくんなさい」

なずな売りは友吉に口を尖《とが》らした。

「それにしても高え。おめえが負けなければ買ってもらえねえまでだ。なずな売りはほかにもいっぱいやってくらあな」

「親方。そう身も蓋《ふた》もねえことをポンポン云うもんじゃねえ。こいつを食べれば一年中病気をしねえという縁起ものですぜ」

「おら、親方じゃねえ、この家《や》の番頭だ。なにも縁起にかこつけることはねえ、商売人は安いものを買うのが当り前《めえ》だ」

「まあ、まあ」

と、千勢が間に入った。

「正月のことだから、おまえの云い値で買ってあげるよ。その半分の籠、そっくりこっちに移しておくれ」

「そんなら、おかみさん。え、この籠いっぱい、みんな買っておくんなさるかえ？」

「わたしのところは人数が多いんでね」

「そいつはありがてえ。じゃ、気は心だ。少しだけ負けておきますぜ」

と、なずな売りは、傍に立っている友吉にも俄《にわ》かに頭を下げた。千勢がお染を呼んで、籠いっぱいの野菜を大きな笊《ざる》に移させた。

「へえ、どうもありがとう」

と、なずな売りは銭を千勢からもらった。

「やっぱり大店だ。商売を捌くに手っ取り早えや。おかげで荷が半分になった」

「ねえ、友吉。おまえさんのところは、もう、なずな買いは済んだかえ？」

「なんだか知りませんが、わっちが出てくるまでまだのようでした。うちの嬶《かかあ》は万事のろまでいけねえ」

「そんなら、わたしがおまえさんのところの入用《いりよう》まで買ってあげようじゃないか」

「そうですかえ」

「おまえさん」と、千勢はなずな売りに云った。「そこの先にこの人の家《うち》があるから、そこに行って、おかみさんの要るだけあげておくれよ。どれだけ要るか知らないが、これだけをあんたにあげるからね。余ったぶんは駄賃に取っておいていいよ」

「そいつはますますありがてえ。親方、すみませんね」

なずな売りは俄かに友吉にも愛想よくなって、

「どの家だか教えておくんなさい」

「おれの家は嬶とおれとの二人暮しだ。馬に食わせるほどは要らねえ。そいじゃ、おれが近くまで行ってやろう」

「なに、この雪の中だ。わざわざ引返してもらうのは気の毒だから、口の先で教えておくんなさい」


七日の朝は、この大津屋に通いの番頭、手代も早くから来て、七種《ななくさ》の粥《かゆ》を主人と一緒に食べる慣習《しきたり》になっていた。

台所では朝早くから、その支度で忙しかった。昨日買った七種が俎《まないた》の横に積上げられてある。別な所には、摺鉢と摺こぎがある。七種には一つの慣習があって、まず、神棚のほうに向って俎を据え、庖丁、杓子、摺こぎ、銅杓子、菜箸、火箸、薪などを揃えておく。

別な所では大釜《おおがま》に粥が煮えていた。台所には女中のほか下働きの老婆も揃っている

し、丁稚《でっち》も手伝いに来ていた。

千勢が庖丁を取って、神棚に向い、推《お》し戴《いただ》いた。

「さあさ、おかみさんから」

と、女中たちがすすめた。千勢は笊の七種を一握り取って、俎の上に庖丁で叩《たた》いた。

同時に、そこにいる女中も丁稚も、

「七種なずな唐土《とうど》の鳥が、日本の国へ渡らぬ先に……」

と囃《はや》し立てた。その声と一緒に、草を叩く庖丁の音がとんとんと高く鳴った。

唐土の鳥とは鬼車鳥《きしやちよう》のことで、正月七日には、この悪鳥が家々の門をこわし、戸を打って、灯火を消してゆくという言い伝えがある。鬼車鳥とは鴟《ふくろう》の一種といわれている。この鳥が家の門にくると、一年中災いがつづく。その厄を払うには七種を食《い》べればよい。「唐土の鳥が日本の国へ渡らぬ先に」というのは、この鬼車鳥を忌むことだと『世説故事苑』に出ている。さらに俎を打つのは、この鬼車鳥が門に止らないよう

に、わざと高い音を立てるのである。

「さあ、みなさんを呼んでおいで」

千勢は女中に云いつけた。七種を叩く庖丁は一家じゅう順回りという風習になっている。一つでも叩けば、一年中無病息災でいられる。

奥から主人の庄兵衛も台所に出てきた。つづいて番頭の友吉、手代の忠助《ちゅうすけ》、源蔵《げんぞう》、それに、小僧も俎を取巻いた。友吉と忠助は通いだが、源蔵以下は住みこみであった。

「そいじゃ、わたしもひとつ叩くか」

と、庄兵衛はにこにこしながら、庖丁で七種の上をとんと叩いた。すかさずぐるりの者が、

「七種なずな唐土の鳥が日本の国へ渡らぬ先に……トントントン」

と、一斉に囃し立てた。今度は番頭の友吉の番であった。

「これが昨日なずな売りから買った七種ですかえ？」

と、友吉は庖丁を握りながら、横のお千勢を見た。

「そうです」

「おかげでウチの嬶も大よろこびでしたよ」

昨日は酔っていた友吉も、今朝は素面《しらふ》であった。彼は庖丁で同じように囃し立てら

れながら無恰好《ぶかっこう》な手つきで草を叩いた。

次は通いの手代忠助だった。彼は器用に庖丁の音を立てた。忠助は、まだ三十を出たばかりの、いかにも織物問屋の手代らしい色白の男だった。

最後に女中が叩くころには、なずなのかたちも無くなってしまっていた。今度は、それを擂鉢でつぶした。

次には横の大釜に煮え立っている粥の中に擂ったなずなを落しこんだ。だが、余ったなずなは別にとって水に浸した。

「それをこっちに」

と、千勢は水に漬《つか》ったなずなをそのまま茶碗《ちゃわん》に取って、奥の間に引取った庄兵衛のもとに運んだ。

「さあ、おまえさん。これに指を漬けて」

と、彼女は庄兵衛の指をやさしく握って、茶碗の中に漬けさせた。

「うむ。なるほど、今日は爪の剪《き》り初《ぞ》めだったな」

「そうよ。わたしが爪を剪ってあげるから」

「うむ。それじゃ、おまえも一緒に、この水の中に指を漬けな」

夫婦は、一つ茶碗に二つの指を仲よく揃えて入れた。七種の余ったものを水に入れて、その中に指を漬けると、たとえ怪我をしても疵《きず》にならないという信仰がある。

茶碗からあげた庄兵衛の指の爪を、千勢は寄添って鋏《はさみ》で丁寧《ていねい》に剪ってやった。庄兵衛は満足そうであった。彼は若い女房の頰が自分のそれにすれすれに近づいているのに眼を細め、白粉《おしろい》の香りを鼻の奥に吸いこんでいた。

「わたしも四十九になった。今年は小厄だが、なんとかこの厄を無事に逃れて、長生きをしたいものだ」

庄兵衛は云った。

「なんの、おまえさん。そう心配おしでないよ。わたしはそのために、今年はほうぼうに信心詣《まい》りをするつもりだからね」

千勢はやさしく瞳《め》を動かした。

「うむ。おまえを残して死ぬんじゃ心残りだからの。おまえはだんだんきれいになってゆくしな」

「ばかな冗談はお云いでないよ。正月早々から縁起でもない。おまえさんには、あたしのために、ずっと長く長く生きてもらわなくちゃならないんだからねえ」

「せいぜい、そう心がけている。だがな、お千勢。わたしはこれから年取るばかり。おまえは女盛りになってゆく。そいつを考えると、なんとなく心細くなるよ」

「なに、わたしはおまえさんよりほかに男というものは眼に入らないんだからね。それに、女房は亭主の年に合せて年を取るというじゃないか。あたしが来た早々は近所の人にいろいろ云われたらしいが、今じゃ似合いの夫婦だと誰もが云っているよ」

「そうかえ。まあ、これからもよろしく頼む」

庄兵衛はにわかに千勢の肩を抱いた。豊かな丸髷《まるまげ》が彼の胸の前でゆらいだ。彼女は手の鋏を捨てた。

「あれ、およしよ。あとでみんなで七種粥を食べるんだよ。髪が崩れては変に思われるわな」

「なに、かまわない。少しぐらい鬢《びん》がほつれているのも風情《ふぜい》があっていい。おまえなら余計に似合って、色気《きっ》が出るさ」

庄兵衛が女房の肩を強く抱こうとしたとき、障子の向うから、

「旦那《だんな》、おかみさん。粥の用意が出来ました」

と、遠慮そうな声がした。手代の忠助だった。

「あい。そいじゃ、すぐ行きます」

千勢があわてて庄兵衛の胸を軽く突きはなした。庄兵衛は、ふふふ、と笑った。

「今のは忠助だな。あいつに気づかれたかな?」

「……………」

「忠助も世帯《しょたい》を持たせて一年になる。まだ、毎晩、精が出るに違いない。こっちも若い者に負けちゃならねえわな」

「さあ、そんな悪ふざけはよしにして、みなと一緒にお膳《ぜん》につきましょう」

顔をしかめて千勢が起《た》ち上ると、庄兵衛の眼は、彼女の裾前《すそまえ》にのぞいた紅《あか》い蹴出《けだ》しに流れた。

広間に行くと、今日は、庄兵衛、千勢、友吉、忠助、源蔵の順に膳が出ていた。あと、丁稚や女中は一緒だった。庄兵衛は上座に着いた。

「さあ、今日で松も明ける。商売も明日から本番だ。みんな今年もよろしく頼む」

一同は、へえ、と揃って頭を下げた。庄兵衛が先に粥椀《かゆわん》と箸を手に取った。椀の中には青い粥が満ちていた。

「こいつを食べると、一年中無病息災だということだ。みんなたらふく食ってくれ」

「ほんとに旦那の云う通りだよ。何杯でもお代りをしておくれ」

と、お千勢も横から云った。

「それじゃ、旦那、戴きます」

と、番頭の友吉が云うと、それが掛声のように、ならんでいる一同の口から粥をすする音が一どきに聞えた。

「いつものことだが、七種粥《ななくさ》の匂いは格別ですね」

と、番頭の友吉が云った。

「こう刻み込んで団子のようになっては、どれがなずなで、どれがほとけのざか分りませんね。芹だけは見分けがつくが、どうも、わっちのような下町育ちには、野の草はからきし駄目でさ。……だが、なあ、忠助どん」

と、彼は隣に坐《すわ》っている手代をふり向いた。

「おまえさんは葛西《かさい》の在だ。どの草がなずなで、どれがすずなか、ちゃんと見分けがつくに違いねえ」

そういう友吉の言葉には、どこか厭味《いやみ》があった。

「わたしにも、こんなふうになっていたのじゃ、分りようはありませんよ」

と、忠助はおとなしく答えた。

「なるほど、そいつは理屈だ。こう刻んで摺《すり》こぎで摺りへらしちゃ、まるで一緒くただからな。昨日もおかみさんがこのなずなを買いなすったところに、恰度《ちょうど》、わっちが行きあわせたが、おかみさんが生《なま》のままでも見分けがつかなかったくらいだから、忠助どんが粥になった草が分らねえのも無理もねえ」

千勢が眉《まゆ》をしかめた。が、今朝は友吉も酒は入っていなかった。

「おや、忠助どん、おまえ、もう食べねえのかえ」

と、友吉は、忠助が椀の粥にちょっと箸《はし》をつけただけで置いたのを見て、冷やかすように云った。

「へえ、わたしは今朝くるときにちっとばかり粥を食べて来ましたので、まだ腹がふくれております。どうも、せっかくのものを申し訳ありません」

彼はすまなそうに庄兵衛のほうに頭を下げた。

「なるほど、おまえはお絹《きぬ》さんに今朝ちゃんと食べさせてもらったのだな。無理もねえ。まだ世帯を持って一年そこそこだからの」

友吉が云うと、忠助は顔をそむけた。それを見て友吉がひとりで哄笑《こうしょう》し、ついでに視線を主人夫婦のほうへ走らせた。千勢が眼を伏せた。

「ちがいない」と、庄兵衛が箸を止めて友吉に答えた。「お絹は亭主孝行で評判だそうだ。あれはよく出来た女だ。忠助もよく仕える女房をもらって仕合せ者だ」

友吉がそれに応《こた》えた。

「まったく忠助どんは果報者です。あっしのとこなどは古女房で横着になって、ろくに亭主のこともかまってくれません。それからすると、ここのおかみさんといい、忠助どんのお絹さんといい、まったく羨《うらや》ましい」

「十年も一緒に居ちゃ、たがが緩むのも仕方があるまい。まだおまえの女房孝行が足りないのだ。今年から心を入替えろ」

庄兵衛の言葉に、みなは笑った。ただ、当の忠助だけは迷惑そうにしていた。

その席で七種粥を一番腹いっぱいに食べたのは友吉であった。

彼は三杯までお替りをした。


その晩から大津屋は騒ぎになった。

まず、小僧と女中とが嘔《は》吐きだした。はじめ、腹がしくしく痛んでいたが、急にそれが激痛となり、さらに激しい嘔吐《おうと》となった。

つづいて庄兵衛夫婦も、住みこみの手代源蔵《げんぞう》も同じ症状に襲われた。殊に女房の千勢はひどく、蒲団《ふとん》から畳の上を転んで回った。

「苦しい、苦しい」

と、彼女は腹を押えて云った。

「お千勢。しっかりしろ」

亭主の庄兵衛は自分も苦しみながら、女房を気づかった。その彼も何度か畳に吐いた。

「すぐに了庵《りようあん》先生を呼んでこい」

だが、一家中、この有様では医者に走る者もいなかった。それでも、やっと手代の源蔵が隣の戸を叩《たた》いた。

隣の人が駆けつけて来て、この有様を見ておどろいた。大津屋では、あすこにもここにも人が呻《うめ》きながら転がっていた。

了庵は、まず庄兵衛夫婦を診た。

「先生、わたしのほうは構わない。まず、お千勢のほうを診てやっておくんなさい」

庄兵衛は苦しい中から云った。

千勢は真蒼《まつさお》な顔をして呻いている。彼女は絶えず吐気に襲われていた。

「おかみさん、しっかりしなされ」

了庵はすぐに手当てにとりかかった。

「旦那《だんな》は、旦那は？」

と、彼女は喘《あえ》ぎながら気づかわしげに訊《き》いた。

「先生、わたしよりも旦那のほうを」

了庵は庄兵衛にも同じ手当てをした。しかし、この有様では彼ひとりの手には負えなかった。彼は従《つ》いてきた下男に、すぐ知合いの医者を呼びに走らせた。

「おかみさん、こいつはひどい中毒《あたり》ようですね。一体、何をみなさんで食べなすったかえ？」

だが、千勢は弱って、ろくに口も利けなかった。

「別に悪いものを食ったことはないが」

と、庄兵衛のほうはいくらか気丈に答えた。

「だけど、旦那。何か、みなさんで食べなすったに違いない」

「ほかに心当りはないが、今朝、七種粥を食いました」

「七種粥ですって？」

了庵は首をかしげた。七種で中毒を起した例は、まだ彼も聞いたことはなかった。

小半刻《こはんとき》ばかりすると、今度は了庵の下男と一緒に、通いの番頭友吉の近所の者が顔をひきつらせてきた。

「大変だ、先生」

と、了庵の下男は眼を剝《む》いて云った。

「朴庵《ぼくあん》先生も、玄沢《げんたく》先生も、みんな出ております。なにしろ、こちらの番頭さんの友吉さん夫婦が死んでしまったんで……」

「なに、番頭さん夫婦が死んだ？」

了庵は度肝《どぎも》を抜かれた。その死を知らせにきた友吉の近所の人たちも、大津屋一家の有様を見て茫然《ぼうぜん》となっていた。友吉夫婦も同じ症状に襲われて息を引きとったという。

「旦那、旦那」

と、了庵は庄兵衛の耳もとに大きな声を出した。

「番頭さんの友吉さん夫婦は死になすったそうです」

庄兵衛は蒼《あお》い顔をあげて、了庵をぼんやりと見つめた。

「友吉と女房が死んだ……そりゃ本当ですかえ？」

「いま、そこに近所の人が報《し》らせに来ておりますよ」

「先生。……千勢は大丈夫でしょうか？」

と、庄兵衛は番頭の死をそっちのけにして、女房のほうを気遣った。

そこに、通いの手代忠助が女房のお絹と一緒に駆けこんできた。彼だけは無事であった。

忠助はぐったりとなっている千勢の姿をひと目見たが、すぐに蒲団の上にうごめいている庄兵衛にとりすがって叫んだ。

「旦那、旦那」

忠助の女房のお絹は、俯伏《うつぶ》せになって苦しんでいる千勢の背中を擦《さす》った。

「おかみさん、おかみさん。しっかりして下さい」

彼女は千勢の耳もとで励ました。忠助夫婦は、それぞれ主人夫婦の名を呼合った。

お絹は一昨年《おととし》の末に忠助と一緒になった。取引先の小さな店の娘だったが、庄兵衛の仲人で縁が結ばれた。忠助は小僧のときから大津屋につとめて十二年になる。今は、近くの裏店《うらだな》に世帯をもっているが、ゆくゆくは庄兵衛がのれんを分けてやるつもりであった。

お絹は、さして容貌《きりょう》がすぐれているというわけではないが、亭主想いの働き者であった。手が立つところから近所の縫仕事を引きうけていたが評判がよく、今では呉服屋から仕立てを頼みにくるほどにもなった。身体は小さいが、店《たな》づとめの忠助の留守に働くだけでなく、忠助が寝たのちも、行灯《あんどん》の下で針を動かしていることが多かった。近所への愛想もよかった。

どうしてそんなに働くのだ、と忠助がきくと、お店《たな》を開くときの少しでも足しに、とお絹はほほえんで答えた。忠助も、はじめは喜んでいたが、近ごろでは、あまりいい顔をしなくなった。縫物の賃仕事くらいで、店を持つとき、どれほど資本《もとで》の助けになるか分ってきたのかもしれなかった。

そのお絹が、千勢を懸命に介抱した。

「お絹さんかえ……」

と、千勢はうすく眼をあけて彼女を見た。

「いま、耳にしたけど……友吉と、おかみさんが死んだというのは、ほんとうかえ？」

千勢は苦しい中から気遣わしそうにきいた。

「…………」

お絹はとっさに返事が出なかった。

「友吉は、やっぱり、わたしたちと同じ病気で死んだのかえ？」

と、千勢はたしかめるように重ねてお絹にきいた。

「ええ……」

お絹は眼をそむけていった。

あとで詳しく分ったことだが、番頭の友吉夫婦は大津屋一家より少し早く苦しみだした。症状は全く庄兵衛夫婦や傭人《やといにん》たちと同じだった。激しい腹痛と嘔吐《おうと》がつづき、医者の玄沢が呼ばれて来たときは、もうすでに手遅れであった。夫婦は口から青いものを吐いて息が絶えた。

医者の手当てがよかったのか、それとも運がよかったのか、庄兵衛の命は助かった。ほかの傭人も死ぬことはなかった。だが、大津屋で一番病状が重いのは千勢で、ようやく発作がおさまってからも彼女は口を利く気力もなく、蒲団《ふとん》の中に横たわった。

医者の報らせで、この辺の地回りで、文七《ぶんしち》という御用聞きが調べにかかった。

原因は、どう考えても中毒である。中毒とすれば、患者が食べた七種《ななくさ》しかない。げんに、別に家を持っている番頭の友吉夫婦が大津屋と同じ七種を食べて同じ病症で死んでいる。一年中の息災を祈る七種を食べての災難だから皮肉であった。

関係者で無事なのは通いの手代忠助夫婦だけであった。忠助は、その朝、家でお絹の作った七種粥《がゆ》を食べて大津屋に来た。それで彼は主家で出された粥には少ししか箸《はし》をつけなかった。そのためにこの厄を逃れたのである。

さらに詮議《せんぎ》を進めてゆくと、友吉の女房は、大津屋で買った同じなずな売りから七種を求めている。これはお千勢が好意で友吉夫婦に買って与えたものだ。つまり、友吉夫婦は大津屋と同じ七種を食べて、この不幸な死に遭ったことになる。

いや、大津屋だけではなかった。友吉夫婦のように死ぬまでにはならなかったが、神田《かんだ》のほうに二軒、京橋のほうに一軒、やはり七種粥を食べて同じ中毒を起した一家があった。

こうなると、買った七種の中に何か毒草が混っていたことになる。事実、神田と京橋の家を調べると、同じ人相のなずな売りから七種を買ったことが判った。医者はそれぞれの家に残った七種のあまりを調べようとしたが、その手がかりはなかった。七種は小さく刻んで、擂鉢で擂って餅《もち》か団子のようになっている。どれが毒草なのか見分けがつかなかった。

町方ではなずな売りの行方を詮議した。彼は大津屋では、池袋在から来たといった。探索の手はその辺の百姓に伸びたが、手がかりはなかった。こうなると、その男が実際になずな売りかどうか分らなくなった。正月七日を当てこんで、臨時になずなを売り歩く貧乏な人間も多いのである。だが、その方面からも目星《めぼ》しい人間は浮んでこなかった。

ところで、その毒草だが、医者は「とりかぶと」の葉ではないかといった。とりかぶとは猛毒を持っている。山野から誤ってこの葉を採り、味噌汁《みそしる》などに入れて食べて死ぬ百姓もあった。その症状が全く今度の一件と同じであった。

なずな売りから七種を買った客は、いずれも野の草に知識の少ない者ばかりだった。それに、ごぎょうとかはこべらとかほとけのざとかすずしろとか馴染《なじみ》のない草の名前ばかりであった。げんに、千勢もよく知らなかったし、下町生れの番頭の友吉も知らなかった。

こうなると、あのなずな売りが、とりかぶとを知らないで七種の中に混ぜて客に売ったのか、つまり、無知で売ったのか、それとも故意にその毒草を入れたのかが問題になってくる。もし、故意にそうしたとすれば、毒殺を狙《ねら》ったことになる。

毒殺を考えたとすれば、それを一番多く売ったのが、織物問屋の大津屋だから、そこが狙われたことになりそうだった。だが、調べてみても、大津屋夫婦には人に恨みを買うような原因はなかった。友吉夫婦にもない。それに、同じなずなを買った神田の二軒と京橋の一軒も同様な災難に遇《あ》っている。

しかし、その毒草を売ったのが偶然の過失でないことがやがて分った。「とりかぶと」は奥州や信州の高地に発生している草で、池袋在はおろか、関東一円には無いことが知れたからである。

こう分ってくると、誰かが何の恨みもない家々に毒草を配って歩いたことになる。それだと狂人の行為としか思えない。魔除けの七種粥を食べても、唐土《とうど》の鳥の鬼車鳥《きしゃちょう》がこの家々に災害を撒《ま》いて回ったのであろうか。

二

大津屋庄兵衛が死んだのはその日のうちである。一時、女房の千勢と共に生命をとりとめるかと思われたが、医者が帰って半刻もすると、容態が急変し、あっけなく死んだ。今度は、迎えの医者も間に合わなかった。年齢《とし》が若いからか、千勢は無事に残った。

大津屋庄兵衛の葬式は一月九日に出た。庄兵衛には実子がなかったから、女房の千勢が喪主となった。若後家とはいえないが、庄兵衛とは二十くらい年齢《とし》の違う後添《のちぞい》だから、人の目にはそんな印象を与えた。その豊かな身体を黒い着物に包んだ千勢は、隠そうとすればするほどその色気が外に露《あら》われていた。まだ、病気から回復していない彼女の痛々しい様子は、皆の同情をあつめた。葬式に集った者は、一体、これからお千勢さんはどうするのだろうと、ひそかに噂し合った。

誰にも、これは興味の中心だった。大津屋の身代は二千両近いといわれている。商売も目下繁昌《はんじょう》している。

大津屋には強い発言力をもつ親戚《しんせき》もなかった。葬式には千勢の横に庄兵衛の従弟《いとこ》とか、遠い親戚がならんでいたが、彼らも千勢を指図するほどの権限は持ってなかった。

大津屋はどうなるのだろうと、人々はまた、ささやき合った。若い千勢が、このまま一生独りで通せるはずはないという観測が多かった。彼女はあまりに綺麗《きれい》すぎた。あまりに大きな身代を嗣《つ》ぎすぎた。

世間の関心は、大津屋の財産と千勢の身の振り方に集った。もし、婿養子でもとることになれば、その幸運な男は、大津屋と女盛りの千勢とを同時に手に入れるわけである。

こうなると、死んだ庄兵衛が気の毒だ、という同情が周囲から湧いた。庄兵衛は子供のころに丁稚《でっち》奉公に出た。いまの大津屋を興してからは、それこそ骨身を削るような苦労をつづけた。やっと商売が安定したのは三十代であった。庄兵衛は仲間からも吝嗇《けち》だと爪弾《つまはじ》きされるくらいに倹約を重ね、また自分も傭人と違わずに汗を流して働いた。四十代になって、ようやく今の繁昌に向ったのである。そのときは身代もできていた。

四十二のとき女房に死に別れると、庄兵衛は、しばらくひとりでいたが、世話する者があって、五年前に千勢をもらった。彼は容貌《きりょう》の好《よ》い千勢を一目見て、その縁談がまとまるまで世話人のところに、商売を投げて毎日通ったという笑い話が残っている。

それからは庄兵衛もすっかりこの世の極楽に坐《すわ》ったような顔つきだった。店のことは番頭の友吉や手代の忠助に任せ、自分はもっぱら千勢を可愛がるほうに回った。前の女房が生きている時は、食べものも人間らしいそれではなく、女房を呶鳴《どな》りつけてばかりいたのだが、千勢がきてからは、奉公人が眼をみはるくらいに贅沢《ぜいたく》なものに変った。夫婦で芝居見物に行ったり、花見に行ったり、結構、世間なみの生活になった。先妻のときには夢にも想像できないことであった。

しかし、庄兵衛のその極楽も僅《わず》か数年間で、彼は急に未練の多いこの世と別れた。七種粥に入っていた毒草が彼を無理矢理に墓の下に連れて行ったのである。

大津屋では、皆がそれに当って、千勢も奉公人も寝込んだ。千勢は、年齢《とし》も若いし、身体も丈夫だったのか、一晩中苦しんだだけで済んだ。ほかの傭人も同じで、九日の庄兵衛の葬式には、とにかく床から起きられた。例外は手代の忠助だけである。

そういえば、大津屋から立派な葬式が出た同じ日、近くの裏店《うらだな》からは、ひっそりと二つの棺《ひつぎ》が出た。番頭の友吉夫婦である。彼らは主人と同じ七種粥を食べ、同じ毒草に当って、供でもするように死んだのである。

それに友吉夫婦の葬式は寂しかった。同じ日に主家から葬いが出たので、大津屋からは手代の忠助が焼香にちょっと顔を出しただけであった。それも主人の葬式があるからといって、彼はすぐに帰って行った。

主人の庄兵衛よりも若い番頭の友吉の不運は、同じなずな売りから家で七種を買い、それを大津屋でも食べ、家に帰っても食べたことである。また、彼の女房も日ごろからとかく病身だったので、とりかぶとの猛毒には抵抗力がなかったらしい。

こういうことから、一時は悪い噂が立った。誰かが庄兵衛を毒殺したのではないか、というのである。ただ、庄兵衛だけに毒を盛ってはすぐに企《たくら》みが分るから、女房も傭人も同じ災難に遭わせた。その一番の不幸が、通いの番頭夫婦に向ったというのだった。

事実、この噂を肯定するように、岡っ引の文七という者が探索に動きを見せたことがあった。

しかし、七種粥を食べて中毒を起したのは、大津屋やその番頭夫婦だけではない。神田に二軒、京橋に一軒、同じ目に遇っていた。やはり、同じなずな売りから買ったものだ。そのうち、神田の古着屋の夫婦は危篤《きとく》になったくらい重症であった。買った家は、いずれも野草に詳しくなかった。

してみれば、誰かが大津屋だけを狙ったというわけではない。なずな売りが商売物の七種のなかに知らないでとりかぶとを混ぜて売ったかもしれないのである。

岡っ引の文七が、大津屋の千勢に事情を聞いたとき、千勢はこういった。

「裏口に立っていたら、そのなずな売りが寄ってきてすすめたのです。明日は七種《ななくさ》の日、ちょうど欲しいときでした。わたしのほうは人数が多いので、少々余計に買いました。そこに番頭の友吉が来合せたので、おまえの家でまだ買ってなかったら、要るだけ持ってお行き、といったら、友吉は、そのなずな売りに自分の家を教えていました……」

当日は大雪の日である。なずな売りは笠《かさ》をつけ、蓑《みの》を被《かぶ》っていたから、千勢はその男の人相をよく見さだめていなかった。これは、同じ男から買ったらしい神田の二軒でも、京橋の一軒でも同じことで、みんなその男の顔をよくおぼえていなかった。その男は、自分は池袋の在から来た、とどこの家でも云っていた。

本当の百姓だったら、七種のなかにとりかぶとのような異種の草が混っていたら見分けがつくはずである。もし、そのなずな売りが、無知で売ったとすれば、彼は百姓ではなく、その七種の日を当てこんだまがいものである。浅草や深川あたりの貧乏人が、よく百姓に化けてそんな偽売りをする。

探索方では、その見込みからだいぶん調べたようだが、結局手がかりはなかった。また、大津屋を狙った犯行という噂に沿って、周囲をいろいろと洗ったらしいが、これも確証が上らなかったとみえ、間もなく岡っ引の姿は消えてしまった。それを境に、忌《いまわ》しい噂もいつか聞えなくなった。

庄兵衛の初七日の法要が行なわれたあと、大津屋では親類縁者が集って相談した上で、その席に千勢を呼入れた。

「さて、お千勢さん」

と、親族のなかの年寄り、死んだ庄兵衛の伯父《おじ》にあたる惣左衛門《そうざえもん》というのが総代格になって彼女に訊《き》いた。

「いま、親類一同で相談したのだが、これからあんたは大津屋をどういうふうにしてゆくつもりかな?」

「はい」

千勢は、数珠《じゅず》を持った膝《ひざ》の上の手を見つめて、低いがきっぱりと答えた。

「わたしは途中から庄兵衛さんの女房になった者、前のおかみさんとは違いますから、本来ならこの家を去らなければなりませんが、庄兵衛さんの遺言通り、この家に残って大津屋をもり立ててゆくつもりでございます」

「なに、遺言? 庄兵衛は遺言をしましたか?」

「死ぬときは、そんなゆとりはありませんでしたが、虫が知らせたのか半年前に、庄兵衛さんはわたしに、おれのほうが年齢《とし》が上だから、万一を考えて云うのだ、といって後のことを申しました。わたしはその場では縁起でもないと笑って聞き流しましたけれど、今では、それが遺言だと思っております」

「ふむ。して、庄兵衛がおまえさんに云ったというのは、どういうことかな？」

「わたしが再縁しないで、この大津屋に残ることでございます」

「なに、再縁しない？」

「はい。わたしは一生、庄兵衛さんが最後の亭主だと思っております」

親類一同の射るような眼を一身に引受けた千勢は静かに弾《はじ》き返すように云った。

千勢は庄兵衛の恋女房だった。だから、彼が自分の死後、千勢が他の男と一緒になるのを嫌って、千勢にいつまでも独りでいるように頼んだというのはありそうなことだった。その代り、庄兵衛は千勢に大津屋の身代をそっくり譲るつもりだったのであろう。親族は、庄兵衛が日ごろから千勢をどのように可愛がっていたかを知っていた。

いま、千勢は庄兵衛の半年前の遺言というのを披露した。そして、自分はその通り、婿もとらず、一生独りで通すと立派に云い切った。もともとあまり発言力のない親族一同は、それに一言も返せなかった。

「それで……番頭の友吉はあんなことになるし、さし当り、大津屋はどうしてゆくつもりだね」

伯父の惣左衛門が咳払《せきばら》いして訊いた。

「はい。これも半年前に庄兵衛さんが云ったことですが、友吉は早晩のれんを別《わ》けてやらねばならない、そのあとは手代の忠助を番頭にするつもりだ、忠助は丁稚《でっち》のころから見ているが、あれは年は若いけど確《しっか》り者だから間違いない、そういっては何だが、友吉よりは商売人として出来がよい……こういっておりました。わたしは庄兵衛さんのその云いつけ通りにするつもりでございます」

千勢は、はっきりと答えた。

何もかも庄兵衛の遺言を守るという。その遺言は、千勢のほかに誰も聞いた者はなかったが、親族も彼女の言葉に異議は唱えられなかった。

「おまえさん、今朝も早いんだねえ」

お絹は亭主の忠助が盲縞《めくらじま》の着物に着替え、角帯を締めるのを横から見つめて云った。四方を近所で囲まれたようなこの小さな家にも、外の寒さが障子越しに流れこんでいた。

「毎晩、遅く帰るし、家で支度したものは食べてくれないし……」

お絹は返事をしない亭主につづけて恨むように云った。それでも忠助は黙っていた。締めるたびに帯の鳴る音が冷たく聞えた。

「おまえさん、そりゃお店《たな》のものはご馳走《ちそう》には違いないだろうけど、少しは早く帰って、わたしのつくった晩飯を食べておくれ」

忠助は、お絹が皮肉がましく云うのを聞き流して、締めた帯に莨入《たばこい》れをはさんだ。彼は不機嫌な顔で土間の下駄《げた》をはこうとした。お絹はその様子に嚇《かっ》となったように亭主の片袖《かたそで》を掴《つか》んだ。

「おまえさん、返事ができないのかえ？」

忠助は女房の手を払い、斜め向きに睨《にら》んだ。

「なにをおまえは勘違いしているのだ。旦那《だんな》が亡くなって大津屋も大変だ。番頭の友吉さんも死ぬし、あとはおれしか居ねえ。おれが番頭になったのも、お店《たな》を無事に守ってくれるように、おかみさんやご親族方に頼まれたからだ。今までと違って、朝早く出て夜遅くまでお店で働かねえことには、あの屋台骨が支え切れねえのだ。そのおれにお店から晩飯が出るくれえは当り前だ。おれが一日中、くるくると働き回っている間、おまえは近所の針仕事をしているが、遊んでいるのも同然だ。ご苦労さまというかと思うと、逆に妙に搦《から》んだことをいいやがる。それじゃ、おまえ、罰《ばち》が当ろうぜ」
彼は、お絹に一気にべらべらと云った。

「ふん、たいした大黒柱だねえ。それじゃ、おかみさんがおまえを夜遅くまで放さないのも道理だねえ」

「なんだと？」

「これ、お聞き」

と、お絹は開き直ったようになった。彼女の眼はもう吊上《つりあが》っていた。

「おまえさんは、わたしに匿《かく》しているけど、わたしは、とっくに気づいているよ。いくら、わたしがうっかり者でも、それくらいは察しているからね」

「どう察しているというのだ？」

忠助は、どきりとした顔で問い返した。

「そんなふうにとぼけるのが憎らしい。これだけ云ったら、どこの誰だと名指しで云わなくとも、おまえさんの胸にはこたえるだろう？」

「何を云ってるのだ。訳の分らないことばかり……」

忠助は取り合わないようにもう一度下駄をはこうとした。それをお絹が引戻した。

「それじゃ、相手の名前をわたしの口から云わせるつもりかえ？」

彼女の顔は蒼《あお》くなっていた。忠助も、こうなったら遁《に》げるわけにはゆかなくなった。

「どうやら、おめえは何かを邪推して云っているようだ。はっきりと聞こうじゃねえか」

「何が邪推なものか。あたしはそれを前々から気がついていた。旦那が死ぬ前から知っていたよ」

「旦那が死ぬ前から？」

忠助は理由が分らぬという顔をつくった。

「これだけ云っても、まだ白状しないのかえ？　おまえは大津屋のおかみさんと……」

そこまで云いかけたとき、忠助の拳《こぶし》がお絹の頬桁《ほおげた》に飛んだ。彼女が思わず頬を押えると、忠助はつづけて二、三度殴りつけた。お絹は顔を押えてその場に膝をついた。

「何を云やアがる。かりそめにもお店《たな》のおかみさんとおれとの仲を疑るたア、とんでもねえ女《あま》だ。おまえは気でも狂ったのか？」

お絹は膝はついたが、忠助に武者ぶりつくように起《た》ち上った。彼女は、髷《まげ》が崩れても、裾《すそ》が乱れても構わずに彼に突っかかった。

「気が狂ったのはおまえのほうじゃないか。おまえこそ前はそんなことはなかった。

いいえ、この半年の間に、おまえはすっかり人が変った。大津屋のおかみさんと仲よくなったのは、あのころだろう」

「えい、まだ云うか」

「あたしだけ知ってるんじゃないよ。ほかにも知った人がいたよ」

「なに、ほかの者が知っていたと？」

今度は忠助が表情を変えたが、彼はすぐ口もとを歪《ゆが》めて笑った。

「おまえ、誰か人にそそのかされたな。性質《たち》のよくねえ野郎がいて、おれとおまえの間に水をさして夫婦喧嘩《げんか》を起させ、脇《わき》で手を拍《う》って笑っているにちげえねえ」

「その笑う人は、もう、この世に居ないよ」

「何だと？」

「死んだ番頭の友吉さんが、あたしにそれとなく、おまえとおかみさんの仲を教えてくれたんだよ」

「なに、友吉さんが？」

忠助は眼をいっぱいに開いて女房の顔をまじまじと見た。

「そ、それは嘘だろう。死人に口無し。おまえがいくら今ごろ友吉さんを担ぎ出し、おれに謎をかけても、そいつは無駄だ。その手には乗らねえ」

「嘘なもんか。友吉さんははっきりとは云わなかったけれど、それとなく、あたしに妙な笑い方をしながら、おまえとおかみさんの間をほのめかしていたんだからねえ。あたしもそれで初めておまえの変りように合点がいったのさ。それからというものは、ずっとおまえの様子を見ているんだよ」

「………」

「旦那が七種粥《ななくさがゆ》を食べて亡くなってからは、おまえは朝早くから夜遅くまでお店《たな》に詰切りじゃないか。お店が、忙しい、忙しいと云いながら、何をしているか分ったもんじゃないさ。さぞ、夜はおかみさんのつくった心尽しのお膳《ぜん》に向い、おまえが目尻《めじり》を下げて坐《すわ》っているに違いないよ」

お絹は頰を押えながら顔を真赧《まつか》にし、泪《なみだ》を流しながら云った。

「友吉さんがほんとにおまえにそう云ったのか?」

忠助はお絹を睨《ね》めつけて訊《き》いた。

「ああ。あの人はなんべんもあたしに分るようにそう云ったからねえ。旦那は年寄りで、若いおかみさんも寝苦しかっただろうけど、近ごろは自分より若い男の相手ができて、顔に艶《つや》が出てきたと云ってね、おまえのほうは逆に不足顔になったようだな、と友吉さんはわたしを見てあざ笑っていたからね。友吉さんが知ってるくらいだから、ほかの人も気づいてるかもしれないよ。まあ、おまえもこのへんで気をつけたほうがいいね。旦那も、友吉さんも、あんなふうに七種粥を食べて死んだのだから、妙な噂が立つとおまえも困るだろうよ」

「何をぬかしゃアがる」

突然、忠助はお絹の肩を力いっぱい突いた。彼女はうしろにひっくり返った。

「おれが旦那をどうかしたとでもいうのか？」

忠助は起上ってくる女房を凄《すご》い眼で見つめた。さすがにお絹はその形相に怯《ひる》んだか、声が弱くなった。

「そういうわけじゃないけれど、あらぬ疑いをかけられたら困るというんだよ。だから、今のうちにおかみさんから離れておくれ。それで大津屋に勤められなかったら、どこにでも行って、夜啼《よな》き蕎麦《そば》の屋台でも何でも出せるじゃないか。あたしが一生懸命に手伝うよ」

「とぼけたことを云うな。……何が夜啼き蕎麦だ。……おい、お絹。おまえ、友吉から、その話をいつ聞いた？」

「いつといって、おまえ……」

「一回きりじゃねえ、何度も聞いたと云ったな。おれは友吉がこの家に来たのを見たことがねえ。……ああ、分った。おめえ、おれの居ねえ留守に、友吉をこの家に引入れたな？」

「あれ、何を云う、おまえさん」

と、今度はお絹が表情を変えた。

「うむ、読めた。友吉は、あれでなかなかの女好きだ。おれの留守にここにやって来て、てめえの女房より若えおまえに云い寄ったにちげえねえ。そのために、おれとおかみさんとが怪しい仲だと云っておまえを誘ったのだろう。うむ、それに違えねえ」

「とんでもないことをお云いでないよ。あたしはおまえの留守に、誰もこの家に男を入れたことはないよ」

「じゃ、いつ、友吉からその話を聞いた？」

「…………」

「それみろ。口が開《あ》くめえ。やい、おかみさんとおかしいとか、かくしごとをしているとか、さんざん邪推をぬかしゃアがって、てめえこそ、おれの留守に友吉とふざけた真似をしやがったな」

忠助はお絹の崩れた髷をつかむと、その髪を腕に捲《ま》き、彼女の顔を畳の上にこすりつけた。お絹は悲鳴をあげた。

その声に、どぶ板を踏む足音がこっそりと聞えた。誰かが覗《のぞ》きに来ているらしかった。忠助はお絹を突放した。

「話は帰ってから聞く」

彼は倒れている女房を見下しながら云った。彼は手で自分の鬢《びん》を撫《な》でつけ、はだけた衿《えり》を掻《か》き合せた。

「へえ、お早うございます。いつまでもお寒いことで……」

やがて、外で近所の者に挨拶《あいさつ》する忠助の柔らかい声が、泣いているお絹の耳に聞えた。

蔵の中で、忠助は立っていた。さっき、手代の源蔵と丁稚《でっち》には、ここはもういいから、店のほうに出ていてくれと云って出した。旦那《だんな》も番頭も死んだので、改めて在庫をよく見ておかなければならない、自分ひとりでゆっくり調べてみたいから、しばらく此処《ここ》へは入るな、とも云った。帳合《ちょうあい》するために、帳面も矢立もここに持ってきている。しかし、それは口実で、帳面は荷の上に置いたままだし、矢立は角帯に挟んだままであった。

彼は、じっと人の来るのを待った。厚い漆喰《しっくい》を塗った土蔵の中は、外の寒気を防いで暖かであった。

やがて、入口で忍びやかな足音がした。それは忠助の聞き覚えのものだった。彼はそのほうを見つめた。

重い戸を開けて入ったのは女の姿だった。外の光で、それは黒い影になっていた。忠助は急いで、そっちへ行った。

「忠助」

千勢が息をはずませて、小さく呼びかけるのを彼は黙って制し、用心深くうしろの戸を閉めた。蔵の中は暗くなり、高いところにある窓からの光で、互いの顔がうすぼんやりと見えるくらいだった。

「おかみさん、ここに来るのを、誰にも見られませんでしたかえ?」

忠助は千勢に手を握られたまま訊いた。

「あい、誰も……」

千勢は小娘のような声で答えた。

忠助が彼女の手を引張って奥に行くと、千勢は彼の肩にすがり、ひきずられるように従った。

広い蔵の中は、いろいろな荷が、方々にうず高く積まれていた。二階に通じる梯子《はしご》も見えた。忠助は、先に立ってその梯子を登り、上から手を伸ばして千勢を引張りあげた。

二階も荷の山であった。埃《ほこり》とも黴《かび》ともつかない臭いがしていた。忠助は山と山の間に千勢を連れ込んだ。そこは窓の光からも蔭《かげ》になっていて、しかも、薄明りが溜《たま》っていた。

その蔭《かげ》に入ると、千勢は忠助の胸にしがみついた。床は埃のたまった荒板だったが、その窮屈な谷間だけは、うすい蒲団《ふとん》が敷いてあった。

忠助に抱きついたまま、千勢のほうからすべり落ちるように蒲団の上に膝《ひざ》を突いた。忠助も引摺《ひきず》りこまれるように坐った。千勢の頬は熱くなっていた。

「遇《あ》いたかった」

と、千勢はその熱い頬を何度も忠助の顔にこすりつけた。彼女の息は小刻みで、激しかった。忠助が千勢の懐に片手をさし入れると、彼女の吐く息はいよいよ荒くなった。

だが、今日の忠助はいつものようには千勢をすぐには倒さなかった。彼はそのまま、じっと耳を傾けるようにした。

「誰か人が来そうなかえ？」

と、千勢は男の顔を間近に見上げて訊いた。

「……………」

「誰もここにはこないはずだよ。わたしがくるとき、みんな店のほうで忙しく働いていたから。いつものおまえらしくもない。そんなに用心深くなって……」

千勢は甘えた声で云った。

「いえ、少し心配なことがあります」

忠助は低い声で千勢のせがむような素振りを抑えて云った。

「心配なこと。……何だえ？」

「いや、実は、今朝出がけに女房が妙なことを云いました」

「お絹さんが？」

「へえ。どうやら、お絹はおかみさんとわたしの仲をうすうす勘づいてるようでございます」

「えっ」

千勢は暗い中で顔色を変えたように男の肩をつかんだ。

「忠助、それは真実《まこと》かえ？」

「どうやら本当のようでございます。あいつは半年前からそれに気がついていたと、それはもうしつこく申しますから、わたしもつい腹が立って殴りつけてやりました」

女は、それを聞くと呼吸《いき》を止めた。

「でも、おまえ……わたしがこの前の病気のとき、お絹さんは早速駆けつけて来て、親切にわたしを介抱《かいほう》したじゃないか。まさか、そんなことを気がつくはずはないんだが？」

「あれはお絹がうわべの親切でおかみさんを介抱したのです。まことの心はそうではありません。わたしとの仲を疑っているので、よけいにおかみさんに親切にし、ほんとのところを探ろうとしたのだと思います」

「けど、おまえ、どうしてそれが？」

「お絹が云うには、毎晩お店《たな》から帰るのがおそい。家で自分の支度した飯を食べたことがない。さぞお店でおかみさんのつくったご馳走《ちそう》がおいしいのだろうと、そんなふうに初めは厭味《いやみ》を云っておりました」

「まあ」

「わたしもそのときは聞き流していたのですが、だんだん、ひねくれたことを口にするので、いま云ったように、少々、殴りつけてやったのです。そんな証拠がどこにあるか、妙な邪推はよせと云ったのですが、お絹は、邪推ではない、それは前に番頭の友吉さんから二人の仲を聞いたのだというんです」

「え、友吉が？」

千勢は思わず声をあげた。彼女は忠助の顔を怯《おび》えた眼で見つめた。

「友吉さんが、われわれの仲を勘づいていたことは、こっちにも分っていましたが、まさか、お絹にそんな告げ口をしていたとは知りませんでした」

「それで、おまえは、お絹さんにどう云ったのかえ？」

「それも根も葉もない蔭口だと云いました。いえ、それよりも、友吉さんがそんなことをお絹に云ったのは、お絹がひとりでいるときに違いありませんから、さては、おまえは、おれの留守に友吉さんを家に引入れていたな、と、それに因縁をつけ、よけいに殴りつけて出て来ましたよ」

忠助が少し誇らしげに云うのを、千勢は黙って聞いていたが、

「忠助」

と、けわしい声で呼んだかと思うと、彼の腕を抓《つね》った。

「痛い。な、なにをなさいます？」

「おまえ、お絹さんに嫉《や》いているのかえ？」

千勢は忠助を睨《にら》みすえていた。

「とんでもありません」

「おまえの留守に、お絹さんが友吉を引入れていたと知って、嚇《かっ》となって殴ったに違いない。嫉妬《やきもち》をやくだけ、おまえはお絹さんが可愛いんだねえ。それが、おまえの本心なんだねえ？」

「痛えから、まあ、その手を放しておくんなさい。そいつは飛んだ濡《ぬ》れ衣《ぎぬ》だ。毎度、云う通り、わたしの心はお絹から、とっくに離れ、おかみさんにぞっこん傾いている。お絹にそんな文句をつけたのは、おかみさんとのことで、彼女《あいつ》の口を封じたいからです。わっちの気持も知らねえで、おかみさんこそ、嫉妬を悪くやかねえでおくんなさい」

「ああ、やきもちでも、おかもちでもやきますよ。おまえがお絹さんに少しでも気持があると思うと、口惜しいからねえ」

「分らねえおひとだな。わたしがこれほどおまえさんに惚《ほ》れこんでいるのが、まだ、見えませんかえ？」

「忠助。その言葉を、いつまでも信用していいかえ？」

「はて、用心深い」

「悪かった、忠助。つい、逆上《のぼせ》てしまって。どれ、抓ったところを擦《さす》ってあげよう。

痣《あざ》が残るといけないから」

「抓られたり、さすられたり、世話はありませんね。わたしは、おまえさんと一緒になりたいばかりに、おまえさんに手伝って、ご主人と、友吉さん夫婦とを……」

「これ」

千勢は、急に忠助の口を手で塞《ふさ》いで、

「どんなところでも、それだけは……」

「思い出しても、恐ろしいと思いますかえ?」

「あい。……」

千勢は男の胸に顔を押しつけた。

「それも、わたしがおまえさまを想っているからですよ。それでなければ、縛《しば》り首になるような危い博奕《ばくち》は出来ません」

「そんな怕《こわ》いことを云って。……この前までは岡っ引がうろうろしていたそうだけど、あれはもう居なくなったかえ?」

「もう消えてしまったようだ。なに、十分に目算を立ててやったことです。そのために、かかわりのねえ神田や京橋の人も同じ毒に中毒《あた》らせて、こっちばかり狙われたのではないように細工がしてある」

「ほんとに、おまえは利口者だねえ」

千勢は、若い男の顔を惚れ惚れと見た。

「なに、そう安心ばかりしてもおられない」

「え、ほかに何か？」

「うむ、あの、なずな売りの男が、近ごろ、ちょいちょい、わたしを店から呼出しに来る」

千勢はそれを聞くと、急に不安げな顔になって忠助の肩をゆすった。

「おまえ、大丈夫かえ？」

「なに、大して度胸のある奴じゃねえから、そう心配はいりません。けど、あまり目に余ってくるようになると、あいつも片づけねえといけなくなるかもしれません」

「忠助。わたしは心配になってきたよ。おまえと一緒になるためには、その男も何とかしておくれよ」

「うむ、それも、わたしは考えております」

「わたしは、ほんとに、おまえを頼りにしているよ」

千勢は、忠助の首に白い両腕を捲《ま》きつけると、身体を震わすように彼に摺りつけていった。二人は縺《もつ》れるようにして蒲団の上に倒れた。薄い明りのほか、蔵の中は外界のものを一切遮《いっさいさえぎ》っていた。横たわった忠助は千勢を横抱きにしながら、片手で彼女の帯をゆるめた。千勢の吐く息が火のようになり、若い男の搦《から》んでくる脚を身もだえしながら待っていた。

「これ、おかみさん、おめえ、もう、こんなになっているのかえ？」

忠助は、手の先を千勢の暖かい内股《うちもも》に置き、焦《じ》らすようにささやいた。

三

忠助が帳場に坐《すわ》っていると、丁稚《でっち》がそばにきた。いま裏でお仲さんが呼んでいるというのだった。

忠助は算盤《そろばん》のきりをつけて起《た》ち上った。裏に行くと、下働きの女中のお仲がそっと寄ってきて、

「番頭さん、いつもの人がそこに来ていますよ」

と、小声で云った。忠助は眉《まゆ》をひそめて、そこにある下駄《げた》をはいた。顔色がよくなかった。

大津屋の裏は横丁に面している。表通りと違って、通行人はあまり無かった。その裏の軒の下に、手拭《てぬぐい》で頬被りをした男が棒のように立っていた。綿の出るような半纏《はんてん》

をきて、尻《しり》を端折《はしよ》り、くたびれた草履《ぞうり》をはいている。みるからに貧乏臭い恰好《かつこう》である。

その男は忠助を見ると、きたない頬被りのまま頭を軽く下げた。今にも白いものがチラつきそうな凍りついた雲が空に垂れていた。

「今日も寒いですな、番頭さん」

と、その男が頬被りの中から出した眼を笑わせた。

「明日から、もう二月だ。わっちのような貧乏人は、早く陽気がよくなってもらわなきゃやりきれねえ」

「これ、丑六《うしろく》。おまえ、ここに、あまり寄りつくなとあれほど云ったのに」

と、忠助は道の左右に眼を配りながら小声で叱った。

「すみません。わっちも好んで来たかアねえが、やっぱり、その、ふところの具合がね」

と、丑六と云われた頬被りはニヤリと笑った。

「この前渡したのは、たしか二十日だったな？」

「番頭さんはよくおぼえていなさる。あの翌《あく》る日、高田毘沙門堂《びしやもんどう》の富突《とみつ》きでね、わっちも一番当てるつもりでだいぶん買いましたよ。だが、運のねえ者は仕方がねえ。みんなスってしまいました」

「おまえのは富突きじゃなくて賭場だろう。そんなところへ出入りするから、すぐ金をはたいてしまうのだ。それに、おまえは酒と女に眼がない。いくらあってもたまるわけはねえ」

「まあ、そうがみがみ云わねえでおくんなさい。わっちもこれで心を入替えようと思っているが、なにしろ、独り者だ。つい、その、寂しくなるんでね」

頬被りは眼を忠助の顔に厭味《いやみ》そうに向けた。

「それに引替え、番頭さんは、こんな立派な家に手代、丁稚を使って結構な身分。その上、きれいなおかみさんと始終一緒に居られるから、わっちのような境涯の者とは天地くれえに違いますよ」

「それで、今日はいくら欲しいのだ？」

「へえ。わっちもここにたびたびくるのは気がひけますからね、当分寄りつかねえでいますから、思い切って三両ほどはずんでおくんなさい」

「なに三両？　そんな金を何にするのだ？」

「今も云う通り、独り者のわっちには愉《たの》しみがねえから、それで桜の咲くまで少しはてめえの春を持ちてえと思いましてね」

「三両といえば大金だ。この前おまえに渡したのは、たしか二分金二枚だったな？」

「一分や二分もらったところで、すぐに無くなってしまいますぜ。だからおまえさんに叱られながら、すぐここにくるような始末でさあね。今度は当分顔を見せませんから、思い切って出しておくんなさい」

「夜鷹なら三十五文だ。三両もどうする？」

「おや、番頭さん、いろいろと穿鑿《せんさく》するようだが、そんな金は今出せないというのですかえ？」

と、頬被りは眼にちらりと凄味《すごみ》を利かせた。

「いや、そういうわけじゃない。おまえの金遣いが少々荒いからだ」

忠助は少し弱い調子になって答えた。

「それくらいは仕方がねえ。わっちもこれで危え橋を渡ってきたのだ。おまえさんの頼みで、苦労してとりかぶとを手に入れ、なずなに混ぜて……」

「これ、声が高い」

忠助は眼を左右に走らせて制した。

「こっちも首を賭《か》けての仕事をやってのけた。大津屋の旦那《だんな》や友吉さん夫婦だけじゃねえ。何のかかわりもねえ京橋や神田の人たちにも巻添えを喰《く》わせた。こいつは、いくらわっちでも夜の夢見が悪いからね」

「もう分っている。あんまり大きな声を出すな。この辺をうろうろしている岡っ引の耳に入ってみろ。とんだことになるぜ」

「首の台が飛ぶときは、忠助さん、おまえさんも一緒だ。いや、ここのおかみさんも同じことだ。もっとも、おまえさんは好きな女と一緒に仲よく台の上にならぶから本望かもしれねえが、こっちはまだ独り身だからね、どこまでも間尺が合わねえ話さ」

「もう分った、分った」

「そんなら、忠助さん、早く、三両渡しておくんなさるかえ？」

「いくらおれでも、三両という金を、いますぐ右から左に調えることはできない。少し、この辺をまわって来てくれ」

「いつごろになるかえ？」

「そうだな、あと半刻《はんとき》ばかり」

「この寒空に半刻も用もねえのにうろつかされてはたまらねえ。だが、まあ、仕方がねえ。その代り、番頭さん、三両はビタ一文まけられませんぜ。なにしろ、大津屋は大店《おおだな》だ」

「なるほど、この寒の中をおまえに歩かせては気の毒だ。おまえ、おれの家を知っていたな？」

忠助は思いついたように云った。

「前に一度行ったことがあります」

「そんなら家に行って、おれが行くのを待っていてくれ。女房におれがそう云ったと云って、酒でも出させて呑《の》んでいてくれ」

「おめえさんが居なくてもいいのかえ？　かみさんは、どうやら、おれが行くのをあんまり喜んでいねえようですが」

「なに、亭主のおれが云いつけたといえば、とやかく云うわけはない。かまわないから、上って腹を温めておいてくれ」

頰被りの男は、寒そうに肩をすくませて去った。忠助はその背中を睨《にら》んだ。金をせびりにくる男は、浅草の馬道《うまみち》に住む人足で丑六という者だった。彼は蔵前《くらまえ》の米俵担ぎや、日本橋、鎌倉河岸の荷揚などに日傭いで出ていた。例年の正月六日には、臨時のなずな売りになって歩いている。浅草や深川あたりの貧窮民が七種《ななくさ》の日を当てこんで、近在の百姓に化け、荷をかついで回る。彼もその一人であった。

忠助がふとしたことから、この丑六と識《し》り合い、今年のなずなを売るときには毒草とりかぶとを混ぜさせた。江戸の街者《まちもの》に野草の知識が無いのに乗じたのである。

忠助は千勢と謀《しめ》し合せ、彼女を裏口に立たせ、なずなを売りにくる丑六を待たせた。

その時刻も決めてあった。その予定通りに、丑六は雪の中を蓑笠のおきまりの姿で大津屋の裏近くに触れ売りしてきた。忠助に云われた丑六も、千勢になずなを渡す手筈《てはず》を心得ていた。

はじめ、忠助は、番頭の友吉には、このとりかぶと入りのなずなを、主人の庄兵衛と一緒に千勢の手から食べさせるつもりだった。ところが、幸いなことに、友吉にとっては不運なことだが、千勢がなずなを買っているとき、その友吉が偶然、番傘をさして来合せたのである。千勢は、自分から金を出して、友吉夫婦のために大量のなずなを買い、丑六に家まで届けさせた。忠助も、千勢も労せずして友吉を殺すことができた。もっとも、友吉の女房は飛んだ災難で、むろん、彼女まで殺す意志はなかったのだ。

災難といえば、同じ丑六からなずなを買った神田の二軒と京橋の一軒で、やはりとりかぶとに中毒して病人が出ている。これも忠助の計画に入っていて、大津屋だけの中毒では世間から怪しまれると思ったからだ。

大津屋の主人と番頭が死ねば、そのあとの商売と身代とを狙うのが忠助の胸算用だから、大津屋だけの被害では、その際に怪しまれる。そこで、ほかにも同じ災難があったことにしなければならなかった。

そこまではうまく運んだ。一時、この一件で動いていた岡っ引も、このごろは影を消している。問題の怪しいなずな売りの男の行方も、岡っ引には手がかりがつかめないでいる。

だが、忠助の目算が少々はずれたのは、その丑六が案外な悪党だったことだ。忠助は、はじめ、丑六に五両ほど与えた。日傭い人足だから、これで御《おん》の字に違いないと思っていたが、丑六は五、六日経つと、もう、この大津屋の裏口から、忠助を呼び出した。そのときは一両を与えた。もう、くるな、と云ったが、二日後にはまた顔を出した。

金を渡さないと、丑六は厭味のなかに、ちらちらとおどし文句をならべた。向うは独り身だから何も失うところはないのだ。だから強かった。忠助には、これから大津屋の身代と、お千勢を完全に自分のものにしなければならない計画がある。それだけに彼は弱い立場だった。

今も丑六が云ったように、もし、ことが露顕すれば、忠助は獄門首にかけられる。主人殺しは重罪であった。しかも、番頭の友吉夫婦をはじめ、何の関係もない他人の生命も危《あや》うくさせたのだ。千勢も同類ということになってしまう。

忠助は、悪い奴を使ったと丑六のことを後悔したが、どうにもならなかった。このぶんでは、丑六は永遠に大津屋の裏をのぞいて金を取りにくるだろう。いい金蔓《かねづる》をつかんだ丑六は、働く必要もなく、好きな女と酒に浸《ひた》ることができるだろう。――

千勢は奥の間に坐《すわ》っていた。彼女は帰ってきた忠助を見ると中腰になり、ぱっと顔を輝かした。

「忠助、よく抜けて来ておくれだねえ」

千勢はもう、その両手を忠助の肩にかけ、息をはずませていた。

「それどころじゃない、おかみさん」

と、忠助は制した。

「まあ、どうしたの」

千勢は、忠助の顔色に気づき、心配そうにのぞいた。

「また彼奴《きやつ》がやって来ましたよ」

「え？　あのなずな売りかえ？」

千勢も眉《まゆ》をひそめた。

「しつこい奴です。今度は三両ほど出せと云っている。あんなのがたびたび裏に来ては、こっちの身が危くなりますよ」

「少し金を渡して、なんとか手を切ることができないのかえ？」

「さあ、それができるくらいなら苦労はいりません。あいつにはいくら金を渡したところで、溝《どぶ》の中に棄てるようなものです。たとえ百両やったところで、あとから、あとから金の催促に来ますからね」

「……悪い男に見込まれたものだねえ」

「あんな奴とは思わなかったのだ、わたしの失敗《しくじり》です。とにかく、なんとか片をつけなければなりますまい」

「片をつけるって、まさか、おまえ？」

千勢は気づかわしげに男の顔を見つめた。

「なに、もう、そんな手荒なことはしません。ほかの、うまい方法を考えるのです」

「その方法は？」

「今のところ、ちょいとばかり泛《うか》んだ思案があるが、まだ、はっきりと腹にかたまっていません。なに、おまえさんが心配なさることはない。まあ、任しておくんなさい」

「大丈夫かえ、忠助？」

「なんとかなります。とにかく、いま三両渡さなければ、あいつが納得しないでしょう」

「三両は、いいけれど……」

と、千勢は部屋の片隅の頑丈な金箱の傍に行き、錠に鍵《かぎ》を差しこんで蓋《ふた》をあけた。その首筋のなまめかしさを、忠助は立ったままじっと見ていた。が、実は、彼の視線は、女の項《うなじ》よりも、蓋のあいた金箱の中の小判に注がれていた。

「忠助」

と、千勢は金をとり出しながら、

「その男は、まだ裏に立っているのかえ？」

とうしろ向きに訊《き》いた。

「なに、あんな所に立たれちゃ、こっちが困ります。奉公人や、道を通る者の眼につきますからね。とにかく、わたしの家に行って待っていろと云いつけてあります」

「まあ、おまえの家に？」

と、千勢は、その小判を持って忠助の傍にきた。

「おまえの家には、かみさんひとりが居るじゃないか。聞けば、今朝喧嘩《けんか》して来たばかり。かみさんは大丈夫なのかえ？」

「なに、あれで他人が一人居れば、あんまりみっともねえ真似もできないでしょう」

「いやだよ、忠助」

と、千勢は彼の肩にとりつき、激しくその腕をゆすった。

「おまえ、それを機会《しお》に、またかみさんと仲よくなるんじゃないかえ？」

「莫迦《ばか》な。そんなことがあるもんですか。わたしはこの金を丑六に渡したら、ここに飛んで戻りますよ。お店《たな》も忙しいことだし」

「仕事が忙しいだけかえ？」

千勢は、自分の顔を忠助の前に寄せ、熱い眼で彼を見詰めた。

女ざかりを空《むな》しく年寄りの夫に閉じこめられていた千勢は、若い忠助の身体を知って以来、その情熱が奔流のように彼に向っていた。千勢は、忠助によって、はじめて本当の女になったような気がした。

千勢は、忠助の肩に両手をかけるだけでも腰のあたりが熱くなって、身体を震わした。

「おかみさん」

と、忠助は、千勢の眼をじっと見返していたが、彼女の懐をいきなり手でひろげると、その一方の肩をむき出した。むっちりとした白い肉づきは乳の上まで露《あら》われた。

「あれ、こんなところで、おまえ……」

千勢は口先だけではあわてたが、男の唇が肌を啜《すす》るのをやる瀬なげに受けていた。彼女は眼を閉じ、荒い息を吐いていた。昼間の明るさもないようだった。

「それじゃ、おかみさん……」

忠助は、自分の手で千勢の懐をかき合せてやった。千勢の耳には三筋の髪がほつれていた。

「すぐ戻ってきます」

彼は千勢から三両の小判を受取った。

「ねえ、忠助。今夜は遅くまで居ておくれ」

「へえ」

「だって、おまえがこんなことをするんだもの、蛇の生殺《なま》しだよ、あたしは今夜ひとりでは辛抱ができないよ」

「………」

「あたしは、もう、おまえからは離れられない身体になってしまった。こんなふうになったのも、おまえの血がわたしの中に入ったからだよ。あたしから遁《に》げるようなことがあったら、あたしはおまえを殺してやるから。……もう、身代なんか、どうでもよくなったよ」

「おかみさん。そんなことを云っちゃいけません。わたしはおまえさんから離れることはありませんが、大津屋の商売を繁昌《はんじょう》させて、旦那《だんな》の残した身代をもり立てましょう」

忠助は、千勢の手をもう一度強く握った。

――忠助が自分の家に戻ると、丑六はあぐらをかいて機嫌よく酒を呑《の》んでいた。少しはなれたところで、女房のお絹が迷惑そうに坐っていた。

お絹は、忠助をちらりと見たが、今朝の喧嘩が眼の光に残っているにしても、丑六と二人だけのところだったから、ほっとした表情になった。

忠助は、丑六の前に坐った。

「おう、こりゃ、番頭さん。おめえさんのお言葉に甘えて、こうしておかみさんから振舞ってもらってますぜ」

丑六は、持った湯呑を忠助にさし出し、それに銚子《ちょうし》の酒を注《つ》いだ。

「待たせたな、丑六さん」

「なんの。外は寒かったが、こうして、おかみさんのもてなしで酒を呑んだから、腹の中に火鉢を入れたようなものだ。番頭さんのおかみさんは親切で、容貌《きりょう》よしだ。おめえさんの留守で、ちっとばかり気づまりだったが、愉《たの》しませてもらいましたぜ」

お絹が、丑六の視線を避けて顔をそむけた。

「ここではなんだから丑六さん、ちょいと外に出よう。わたしもお店《たな》が忙しいのでね、すぐに帰らなくてはならないから」

忠助は云った。

「そうですかえ」

丑六も三両が早く欲しいので、思い切りよく腰をあげた。

「それじゃ、おかみさん、たいそうご馳走《ちそう》になりました」

彼はお絹に礼を云ったが、その粘い眼は彼女の白い顔からすぐには離れなかった。

お絹は頭をちょっと下げただけで、またも丑六の視線から遁《のが》れた。

丑六は忠助のあとから外に出た。彼は紙に包んだ三枚の小判を改め、すぐに懐の中に入れた。

「これで助かりましたよ、番頭さん。無理を云いましたねえ」

「あんまり無駄遣いをしちゃいけねえぜ」

「へえ、これで当分は伺うのを遠慮しますよ」

「当分？」

忠助は眉《まゆ》をひそめた。

「おまえ、すぐに博奕と酒と女につかってしまうつもりだろう。それじゃ、金がいくらあってもたまらない。みんなすぐにやめろとは云わないが、ちっとは慎しむことだな」

「番頭さんの意見は毎度のことだが、独り身のわっちのことを察しておくんなさい。膝小僧《ひざ》かかえて蒲団《ふとん》にくるまるのだから、酒でも呑まねえとやり切れませんよ。おめえさんは、あんな綺麗《きれい》なかみさんが居る上、大津屋の……」

「丑六」

「おっと、こいつは禁句でしたね。いけねえ、いけねえ。だが、まあ、両手に花の結構なご身分だから、わっちのしがねえ境涯が判るはずはねえ」

「丑六。おまえ、嬶《かかあ》のお絹がちっとはまともな女の面《つら》に見えるかえ？」

忠助は小さな声で訊いた。

「もったいねえ、そんなことを云っちゃ、罰《ばち》が当りまさ。年ごろといい、隠れた色気といい、これからが女ざかりの開きどきだ。へ、へへへ。忠助さん、おめえさんは仕合せものだ」

「…………」

「どうやら、かみさんはあんまり機嫌がよくなかったようだが、あれは夫婦喧嘩が尾をひいていたようだな。だが、女の笑顔もいいが、憤《おこ》った顔も格別だ、少々険《けわ》しい顔にも震いつきたいような色気があらあな。もし、わっちがおめえさんだったら、お絹さんを寝かせて、いっぺんに機嫌をよくして見せるんだがなあ」

「おまえは女道楽をしてるだけに、そのへんは心得ているんだな」

「自慢じゃねえが、四十八手の裏表、奥の手はみんな心得ている。わっちにかかったら、どんな女でも首に咬《か》みついて、すすり泣きしますよ」

「そいつは大したものだ。やはり、おれなどよりは、年の功だな。それじゃ、丑六、お絹をおまえに預けようじゃないか？」

「な、なにを云うのだ、忠助さん。冗談だろう？」

丑六は、唾《つば》をごくりと呑んだ。

「冗談ではない、本気だ」

忠助は云って、あたりを見回した。寒いせいか、人の姿はその辺に無かった。

「おまえも察したように、今朝も夫婦喧嘩だ。このところ、夫婦喧嘩の絶え間がない。おれはつくづく女房がいやになったのだ」

「うむ。それは、おまえさんが、大津屋のおかみさんに惚《ほ》れなすったからだろう？」

「そうじゃない。前からお絹とは別れようと思っていたのだ」

「もったいねえ」

「女房は連れ添った者でないと、他人《ひと》には判らないものだ」

「そんなものかねえ。おれはずっと独りだから、そう云われては返事のしようがねえ。だが、それはおまえさん夫婦がまだ若えから、男女和合の秘訣《ひけつ》をまだ知らねえからだ。そいつをおぼえたら、たとえ一時の喧嘩でも、あとはけろりと仲が直るというぜ」

「だから、丑六。お絹にその道を教えてやってくれ」

「ふふ。おれの身体にかかっちゃ、お絹さんは、もう、おめえのところには戻りたくねえと云うかもしれませんぜ。それを承知なら、お絹さんに女の歓びの道をたっぷりと仕込んであげますよ」

丑六は、まだ冗談半分に云った。

「承知とも。おれは本気で云っているのだ。お絹をおまえの家にひとりで行かせるから、家の中に入れて、あとはおまえの好きなようにしてくれ」

忠助は真顔で丑六にささやいた。

「え、そりゃ、おめえ、真剣かえ?」

丑六の顔が急に緊張した。

「真剣も真剣、真剣の刃渡りだ。嘘じゃねえ、丑六」

「けど、お絹さんがひとりで、おれのきたねえ家にくるかねえ？　お絹さんは、どうやらおれに要心しているようだ」

「なに、明日の晩、六ッ（午後六時）を過ぎてから、おれがおまえの家にお絹を使いに遣《や》る。お絹が家の中に入ったら、煮て食おうと焼いて食おうと勝手にしてくれ」

「だが、そのあとでお絹さんに騒がれたら、どうしよう？」

「おまえにかかっては、どんな女でも猫のようにおとなしくなると云ったばかりじゃないか？」

「いけねえ、あのときは冗談だと思ってたからなあ」

丑六は頭を掻《か》いた。

「なに、騒いだら、お絹を素裸にして押入れの中にでも放りこんでおくのだ。女は裸では外に逃げ出せない。そして、おまえが、毎晩、押入れから女を引出して楽しめばいいじゃないか。……そのあとは、女衒《ぜげん》を連れてきて、女郎にでも、飯盛りにでも、いいように売ってくれ」

丑六が荒い溜息《ためいき》をついて、忠助の顔を見直したように眺めた。

「忠助さん、おめえは悪党だな」

その年の初午《はつうま》は二月二日だった。江戸中の稲荷《いなり》の宮は幟《のぼり》を立てて神楽《かぐら》を奏した。どの町にもたいてい稲荷を勧請《かんじょう》していたから、この日は江戸中ちょっとした賑《にぎわ》いになる。絵心のある者は、絵馬《えま》に絵を描いて奉納する。神事の行灯《あんどん》の絵を描く。子供は正月以来この日を愉《たの》しむ。

だが、この年の初午は宵《よい》から雪が降り出した。翌日になっても止まなかった。昨日の初午の幟が雪で重く垂れ、その代りほうぼうに雪達磨《ゆきだるま》がつくられた。次の日も雪は止まなかった。今年は豊年だと、年寄りたちは喜んだ。

その翌日の四日の朝。浅草馬道の裏通りにある丑六の家では一つの椿事《ちんじ》が起っていた。

正午《ひる》ごろ、丑六の家を人足仲間が訪ねてきた。彼は博奕場の貸金を取立てにきたのだが、その狭い家の表は閉されていた。雨戸をいくら叩《たた》いても、中からは返事がなかった。

「丑六さんは居ねえんですかえ?」

と、その男は、隣から首を出した四十恰好《かっこう》の女房に訊《き》いた。

「さあ。あの人のことですから、どうしてるか分りませんよ」

仲間は丑六の家を見上げた。屋根には残雪が折からの陽をうけて解けはじめていた。

「まさか、居留守を使ってるわけじゃねえだろう」

彼はもう一度叩いた。そして、独り者の丑六のことだから構うことはないと思ったのだろう。無理に戸をこじあけた。

中は真暗だった。狭い家の中は、一枚はずされた表の戸の間から外の光が射しこみ、ひと目でその異常な様子が知れた。丑六は、ささくれた畳の上に大の字になって寝ていた。傍には徳利が転がり、箱膳《はこぜん》の上には茶碗《ちゃわん》や湯呑《ゆのみ》が載っていた。仲間は丑六が酒に酔って寝ているとばかり思い、彼をゆり起した。

「おい、丑六、丑六」

丑六の手は、氷よりも冷たかった。

自身番に報《し》らせたので、早速、地回りの岡っ引が飛んできた。丑六は死んでいたが、調べてみると、身体にはどこにも傷は無かった。傍に火鉢があり、おびただしい炭火が積まれたままの形で真白い灰になって、崩れかけていた。

「よっぽど寒かったとみえ、ずいぶん炭火を熾《おこ》したものだな」

と岡っ引は呟《つぶや》いた。

念のために、すぐ横の破《や》れ襖《ふすま》をあけた岡っ引が思わず足を退《ひ》いたのは、その押入れのなかにうしろ手に縛られたままの女の死体が転っていたからである。

女は襦袢《じゅばん》だけつけていて、ほとんど裸に近かった。その首には縄が捲《ま》きついていた。丸髷《まるまげ》の根締《ねじめ》も除《と》れて、髪は幽霊のように散っていた。二十三、四の女房ふうの女で、苦しそうに眼を閉じていた。

「ひどいことをしやがる」

現場に馴《な》れた岡っ引も眼をそむけた。

丑六には女房はない。すると、殺された女は、彼がよそから連れ込んだものに違いなかった。

丑六の素行は岡っ引も知っていた。

隣の女房は岡っ引に訊かれてこう話した。

「三日前の晩に、丑六の家から、どたばたと音が聞えていましたが、そのとき、女の喚《わめ》き声がちょっとしていました。わたしたちは、丑六がまたどこかの女を引張りこんだと思ってそのまま打っちゃっておきましたよ。かかり合うと丑六はうるさいですからね。……あくる日、丑六は朝から酒を呑んでいましたよ。いえ、表の戸を閉めていたから、節穴からのぞくと、丑六の前には若い新造《しんぞ》が丑六のきたない着物をきせられ、蒼《あお》い顔をして坐《すわ》っていました。わたしは、丑六が凄《すご》い目をしてこっちを見たから、そのまま節穴から離れました。あとでのぞくと、その節穴には紙の栓が詰って、中が見えないようにしてありましたよ。丑六がやったに違いありません。……その晩から、夜中に女の泣く声と丑六の怒鳴り声とが、ときどき聞えていました。丑六のやつ、今から思うと、あの女を手ごめにしていたに違いありません。あたしたちは、丑六がいつものように夜鷹でも連れ込んだと思って気にしていませんでしたから、お届けもしませんでしたが」

するト、丑六はこの女を二月一日の晩に連れ込んで裸にし、昨夜まで逃げられないように留め置いていたものとみえた。だが、女が彼の云うことをあまり諾《き》かないのにじれてきたのと、逃出して訴えられるのが恐ろしくなって、昨夜、首を縄で絞めて殺したものと考えられた。

そこまでは分るが、あとは丑六の死である。彼は殺されたのではなく、ひとりで息を引きとっている。ほかに傷は何一つないのだ。何も吐いていないから毒物を飲んだ様子でもなかった。しかし、無意識の中でも苦しんだあとはあった。

だが、その謎はやがて判った。丑六が大の字に倒れていた傍には二本の徳利が転っているし、火鉢には夥《おびただ》しい炭の灰が残っていたから、丑六は女を殺し、押入れに投げ込んだあと、酒を呑み出したのだろう。寒いので、火鉢に炭を盛った。そのうち睡ってぐっすり寝こんだ。炭は火になって狭い部屋に悪い息を充満させた。丑六は眠ったまま、その炭火の息（一酸化炭素）に中毒《あた》って死んだにちがいない。

丑六は女を殺した罰を昨夜のうちにてきめんに受けたと思われた。

では、殺された女はどういう素姓《すじよう》の者かが詮議《せんぎ》された。天井裏《てんじよう》には、その女の着ていた着物や帯が丸められて投げ込んであった。丑六が女に逃げられないように裸にしたらしいのだが、その着物も帯も貧乏人のものではなかった。

すると、手下が、二月一日の暮六ツごろ、丑六の家はどこかと尋ねてきた二十三、四くらいの女があった、という話を、二町ほど遠い角の魚屋から聞きこんできた。女は丑六が引張りこんだのではなく、彼を訪ねて行ったところをこの災難に遇《あ》ったのである。

女の身もとはそのあとすぐに判った。日本橋の織物問屋大津屋の番頭、忠助の女房お絹であった。

忠助は、二月一日の正午《ひる》ごろから、急に女房のお絹が居なくなったので、心当りを探しているところだと云った。彼は事実、まる二晩も帰らない女房のことを気づかって、昨日、自身番に届出たばかりだった。それが馬道の岡っ引に連絡されたのである。

忠助は、変り果てた女房のお絹の死骸《しがい》にとりついて泣いた。

彼は奉行所の同心や岡っ引の尋問にこう答えた。

「お絹は、ちょっとした云い争いで直ぐにかっとする癖がありまして、その日もちっとばかりわたしがお絹を叱ったのです。それで、おおかた、かっとして見境もなく家を飛出していったのに違いありません。丑六という人は、全くわたしは知りません。どういう因縁でお絹が丑六という人を訪ねて行ったのか、さっぱりわけが分らないでおります」

お絹の死骸は無事に亭主の忠助に下げ渡され、忠助はささやかな葬式を出して、彼女の遺体を丁寧に葬った。

これで一件は落着したかにみえた。だが、疑問に思ったのは、日本橋を縄張とする岡っ引の文七であった。

「親分、あんまり話が出来すぎてやしませんか？」

と、下っ引の亀五郎《かめごろう》が云った。

「この前の大津屋の主人と番頭の友吉夫婦の死にようといい、それから、おかみさんと忠助の噂といい、女房のお絹が殺されたのは忠助にかかわりがあるようですぜ」

「うむ、おれもそう思っている。丑六という野郎は、毎年、七種《ななくさ》の日には百姓に化けてなずなを売って歩いたそうだ。やつが大津屋に売ったなずなの中にとりかぶとを混ぜた下手人には違えねえ。こいつは忠助と、共謀だ。その証拠に、忠助夫婦だけが丑六のなずなを食ってねえ。大津屋の後家の千勢も、共謀だ」

「親分、すぐに忠助と大津屋の後家とをしょっぴいたらどうですかえ？」

「いや、まだ、それは早え。今のところ、証拠が残っていない」

「けど、忠助の女房が殺されていますから、忠助にとっては大津屋の後家と一緒になるのが好都合です。こいつも忠助が丑六にやらせたのかもしれませんぜ」

「まあ、もう少し待て。おれは丑六が炭火に中毒《あた》って死んだというのが、それこそあまり話が出来すぎてると思っているのだ。お絹を殺してすぐに仏の罰を受けたんじゃ、お寺の説教には向くかもしれねえが、こっちはそうはいかねえ。丑六が何で死んだか、そいつがはっきり分るまでは、忠助を挙げても泥を吐かせるキメ手にはなるめえ」

文七はその晩、寝ながらも考えたが、どうもいい考えが浮ばなかった。下手人は忠助にきまっている。しかし、殺しの方法が考えつかなかった。彼は雪が裏の枝を折る音を聞いていた。九日になった。今朝は昨夜から降った雪がやみ、久しぶりに陽が出ていた。

町の家々の屋根の上には竿《さお》が立てられ、その先に籠《かご》が吊下《つりさが》っていた。昨日それを立てたものが、取り片づけられないままに、今日も残っていた。

毎年の二月八日を「事納《ことおさめ》」といい、江戸中町々の家ごとに籠を竿に懸けて屋根の上に高くかけておく風習があった。その由来《いわれ》はよく分らない。ある書には九字の形を表わした魔除けだとあるが、あてにならない。二月八日を「事納」というのにも種々の説があるが、とにかく、これは、江戸の年中行事の一つであった。

表に出て、隣の屋根を見上げていた文七が、何かを見てはっとなり、子分の亀五郎を呼んだ。

「おい、亀、あの籠を見ろ」

「へえ」

「昨日は事納だ。籠は昨夜《ゆうべ》からの雪で、あの通り、雪を饅頭《まんじゅう》みてえに載せている。ほら、お天道さまのぬくもりで、籠の下から解けた雪が雨垂れのようになって雫《しずく》で落ちてるじゃねえか」

「へえ」

亀五郎も、一緒に隣の屋根の上を見上げた。その通りであった。

「あれで丑六が殺された道具の推量がついたよ」

「へええ。どう、ついたんで……」

「丑六は三日の晩に殺されたのだ。雪を大そうに持ちこんだ奴が、酔って睡っている丑六の顔を上から埋《うず》めたに違えねえ。それも少々の雪じゃあるめえ。三日も大雪だったから、雪をとって、そいつを固《かた》め、丑六の顔を、そっくり埋めこんでしまったのだろう。丑六は、炭火にやられたのじゃねえ、雪のために息ができなくなったのだ」

「でも、死体を見つけたときは……」

「雪どころか、解けた水も流れてなかったというのだろう。それが、火鉢の炭火だ。狭い部屋の中で、カンカン火を熾《おこ》してみろ、あくる日の昼までにたいてい畳の水は乾かあな。ほれ、あの籠のようにな。……お絹も丑六殺しの下手人が殺《や》ったのだ。こうすれば、丑六が絞め殺したようにみえるからな」

「忠助は、なぜ女房のお絹と一緒に、ついでに眠っている丑六の首を絞めなかったのですかえ？　そうすれば、雪をつかうような手間もはぶけて、二人共いっぺんに片づくじゃありませんか？」

「馬鹿を云え。そんなことをすれば下手人が外から入ったことがわかる。丑六がお絹を殺して、炭火にあたって死んだということになれば、忠助は無事に探索の眼を脱《のが》れることが出来るじゃねえか」

「なるほど、忠助は悪知恵の働く野郎ですね」

捕えられた忠助がその通りを白状したのは、翌日だった。続いて千勢も、縄をうけた。

大黒屋

一

文久《ぶんきゆう》二年正月十五日の八ツ（午後二時）ごろのことだった。

日本橋堀江町《ほりえちよう》の通りを二十七、八くらいの職人風な男が歩いていた。この辺は焼芋を売る店が多い。その匂いが寒い風に混って流れていた。この焼芋屋は冬の間だけで、春になるとすべて団扇《うちわ》屋に早替りをする。役者の似顔絵の団扇も、この堀江町から売出されたものだ。秋風が立つと団扇が駄目になるので、団扇屋が焼芋屋に早替りをするわけである。

また、この辺には穀物問屋がならんでいる。職人がふと足を停めたのは、それほど大きくない穀物問屋の店から、三十一、二くらいの大きな男がふらりと出て来たからだった。その男は酒気をおびている。十五日というと、まだ正月気分が抜けずに振舞酒を出すところもあるから、これはふしぎではない。ただ、その職人が男に眼をつけたのは、酔った彼の人相がよくないのと、その男の出て行ったあとで四十七、八ぐらいの雇女が塩を撒《ま》いていることだった。

職人は何気なく、その穀物問屋の屋根に載っている看板を見た。檜《ひのき》の木地に彫り込んだのは「大黒屋」という文字だった。表の戸は一枚だけあいている。雇女は塩を撒くと、大きな男のうしろ姿を睨《にら》みつけて、そそくさと中に入った。――ただそれだけのことで、別段の仔細《しさい》はなさそうである。

正月客の中にはいやな者もいる。あとから塩を撒かれるくらいは珍しいことではないが、職人の眼がなんとなく光ったのは、ほかの穀物問屋が店をあけているのにそこだけ商売を休んでいることと、塩を撒かれた大きな男の風采《ふうさい》があまり上等でないことだった。男は藍微塵《あいみじん》の袷《あわせ》に擦り切れた草履《ぞうり》を穿《は》いている。職人は、その男のあとを何となく尾《つ》けて歩いた。

男は堀江町から中之橋《なかのはし》を渡って大伝馬町《おおでんまちよう》のほうへ出た。うしろから尾けていた職人は、彼が一杯飲み屋に入るのを見届けると、その辺を一回りしてから、腰障子をあけた。

店の腰掛で、さっきの大男が注文した酒を飲んでいる。職人も彼から少し離れた所に腰をかけた。

職人はみつくろいものを注文して、熱い銚子《ちょうし》から独酌で飲みはじめた。ときどき、向うに居る男の様子をうかがっている。

大男は不機嫌そうな顔でぐいぐい酒を呷《あお》っていた。目つきが悪い。頬から顎《あご》にかけた髭《ひげ》も濃かった。なんとなく荒れている様子に小女もあまり寄りつかない。彼は忽《たちま》ち銚子一本を空《から》にした。

男は女に怒鳴った。

「やいやい、酒がねえぞ。早えとこ持ってこい」

ほかに客の姿もなく、ここに居るのは二人きりだった。職人は銚子を持ってにやにやしながら男の傍に近づいた。

「兄哥《あにい》、ご機嫌のようですね。まあ、一杯《ぺえ》受けておくんなせえ」

職人が差出す銚子を、大きな男はぎろりと眼を光らせて睨みつけた。

「おめえは誰だ？」

男は酒臭い息を吹きかけた。

「どこの誰と名乗るような男じゃねえが、松は取れたといってもまだ正月の内だ。つい、明けましておめでとうと言いたくなりますアね。気持よく一杯受けておくんなせえ」

「あんまり心安く言うんじゃねえ。おれは独りで飲みてえところだ。余計な世話を焼いてもらいたくねえな」

「なんだか機嫌がよくねえようだな」

と、職人は如才なく笑った。

「そう言わずに、縁起ものだ。気持よく一杯注《つ》がしておくんなせえ」

「見ず知らずのおれに、いやにつべこべと言うじゃねえか」

「兄哥のほうは知らねえでも、わっちのほうはまんざら知らねえ顔でもねえのさ」

「なんだと？」

「えっへへ。おめえさん、堀江町の大黒屋さんにときどき来なさる顔だね」

「なに」

髭の濃い男は濁った眼で職人の顔を検《あらた》めるように見据えた。

「そういうおめえは、やっぱり、あの辺の穀物問屋に巣食ってる野郎かえ？」

「兄哥も口が悪いな。わっちは団扇の職人でね。ご覧の通り、春まで団扇張りには縁のない人間さ。それでも、問屋の親方の所にはときどき面《つら》をのぞかせねえと仕事が貰えねえ。今日は遅まきながら年始かたがた寄ったところだが、そのとき大黒屋さんに出入りしている兄哥の顔にひょいとぶっつかったのさ」

「うむ、団扇の職人か。団扇屋なら、焼芋でも焼いとればいいのに」

「そいつがこちとらには出来ねえのさ。これでも職人としてちったア腕の知られた男でね、女や子供相手の焼芋売りじゃ情ねえ」

「それじゃ、冬の凩《こがらし》と一緒におめえも不景気になるってわけだ。その金のねえおめえが、おれに酒を振舞おうっていうのは、どういう料簡《りょうけん》だ？　おらア、おめえより貧乏じゃねえぜ」

「おっと、そういう気持じゃねえ。何度も言う通り、二、三度見かけたおめえと、ここで遇《あ》えたのがうれしいのさ。……おっと、熱いやつが来た。迷惑でなかったら、二、三杯、盃を貰いてえもんだな」

「この野郎、あんまり馴《な》れ馴れしく近寄るな。往来で見かけた縁でいちいち因縁をつけられちゃ、横丁の犬ころにも挨拶《あいさつ》せざアなるめえ」

「ぽんぽん言う兄さんだな。おらアな、根が人なつこい性分でね、知った顔を見れば黙っちゃいられねえのさ」

「勝手にしゃアがれ。おめえの性根をおれにまで押しつけられてたまるか。えい、そっちに引っ込んで勝手に飲みゃアがれ。おらア、おめえの酌なんぞ受けねえ。あんまりしつこくしやがると、ただじゃおかねえぜ」

「おめえ、よっぽど今日は虫の居どころが悪いとみえるな。日ごろはおとなしそうな兄さんだがな」

「おきゃアがれ。どんな面をしようとおれの勝手だ。……おや、おめえ、酒が飲めねえな」

「……………」

「一杯か二杯盃を傾けただけで、もう眼の縁が赧《あか》くなってやアがら。飲めねえくせに飲める振りをしておれの傍に寄ろうたって、すぐに分らア。今日は十五日だ。下戸《げこ》は下戸らしく早く帰《けえ》って小豆粥《あずきがゆ》でも舐《な》めてろ」

「こいつアいけねえ。なあ、寅《とら》さん、おめえ、今日はよっぽどどうかしてるから、この次に遇ったとき、改めて仲よくしてもらわア」

「何を言やアがる。おらア、寅じゃねえ。留五郎《とめごろう》だ」

「おっと、そうだった。つい、ほかの人間の名前と間違《まちげ》えた。留五郎さんだったな。まあ、堪忍してくれ。おめえの言う通り、わっちはそう酒が強くねえ。酔っ払ってどうかしたようだ」

「なんだかつべこべと吐《ぬ》かすじゃねえか。やい、おめえの面なんざ見たくねえから、とっとと失《う》せろ」

「そう言われちゃこっちの立つ瀬がねえ。いつも見馴れてるおめえのことだから、これを機会《しお》に近づきになりたかったが、今日は具合が悪いようだ。実のところ、ここでじっくりおめえと話して、三味線堀のおめえの家まで送って行こうと思っていたところさ」

「三味線堀だと？　何を言やアがる。おれの塒《ねぐら》は馬道《うまみち》だ」

「おっと、そうだった。どうもいけねえ。謝る謝る。じゃ、兄哥、また機嫌のいいときにおめえと話すことにすらア。……おい、姐《ねえ》さん、勘定はいくらだ？」

職人はあわてたように起《た》ち上った。

彼は表へ出たが、そのまま足をまた堀江町のほうへ向けた。

大黒屋の表は戸が一枚だけあいたまま閉まっている。表には松飾を取ったあとに白い砂が少しこぼれていた。

「ご免ねえ」

と、彼は戸の一枚あいたところから入ったが、内は暗い。広い土間には商売物の穀物が種類別に分けられて、桝目《ますめ》の箱に収まっていた。

「なんですかえ？」

奥から出て来たのは、さっき留五郎という男に塩を振り撒いた雇女だった。

「今日は商売は休みですよ」

女は断わるように言った。

「いや、おれは品物を買いに来たんじゃねえ。さっきここに馬道の留五郎が来ませんでしたかえ？」

「留さんなら、先刻帰りましたよ」

と、女は急に突慳貪《つっけんどん》な調子になった。

「うむ、帰ったか。それじゃ、ひと足違いだな」

「おまえさんは留さんの友だちですかえ？」

雇女は警戒するような目つきをした。

「うむ、まあ友だちだ。それに、野郎から少しばかり取る金があってね。去年の暮に持ってくるというので当てにしていたが、すっぽかされたので、大晦日《おおみそか》にはひどい目に遭いましたよ」

「留さんなら、そんな不義理はしかねませんね。あの人は金があっても払いませんよ」

「うむ、留は金を持っていますかえ？」

「いいえ、譬話《たとえ》ですよ」

と、女は口を濁すようにした。

「留は、今度いつこっちに来ますかえ？」

「さあ、分りませんね。いま、旦那《だんな》も留守ですから」

「おかみさんは？」

「おかみさんも留守ですよ」

うしろから留五郎と同じように塩でも撒きかねない女の前を離れて職人は道に出た。往来には子供が凧《たこ》を上げていた。この職人風の男は、松枝町《まつがえちょう》に住む惣兵衛《そうべえ》という岡っ引のもとに出入りしている幸八《こうはち》という手先であった。

――幸八は松枝町に行って、惣兵衛にこの話をした。別に犯罪が起ったわけではない。ただ路上の目撃だが、どうも気になるので少し足を突っ込んでみた、と彼は説明した。

「おめえも物好きだな」

と、岡っ引の惣兵衛は長火鉢の前に煙管《きせる》を燻《くゆ》らせて言った。

「わっちの性分としてどうも気にかかることは見逃がせねえので、つい、余計なことをやりました」

惣兵衛の女房が幸八の前に小豆粥《がゆ》を出した。正月十五日には、一年中の邪気を祓《はら》う縁起でそんなものを出した。これは七種粥《ななくさ》とも言うが、小豆粥で名が通っているほど小豆が主な材料となっていた。

「その留五郎という奴は酒を飲んで大黒屋から出ましたから、そこで強《したた》か飲んだに違いありません。年増の女は亭主もおかみさんも留守だと言いましたが、留守のところに来て振舞酒にありつくわけはねえから、あれは家の中に居たんですね」

幸八はそう話している。

「うしろから塩を撒《ま》かれたり、野郎がぷりぷりしているところをみると、よっぽど大黒屋とは面白くねえ間柄にちげえねえ。そのくせに、つき合っているところは、たしかに妙だな。だが、幸八、別に騒ぎも起らねえのにこちらから疝気《せんき》を起すこともあるめえ」

「へえ。正月早々に出しゃばったことをしましたが、それというのも、このところ御用の筋がさっぱりと閑《ひま》だからでしょうね」

「それだからいいのだ。おれたちが十手を帯に差込んでうろつくようじゃ、あんまりいい世の中とはいえねえ。今年はどうかこのまま無事の年でありてえもんだな」

世間話に移ってから、幸八の好奇心も消えたかたちとなった。

二

手先の幸八が途上の目撃で不審を起したように、留五郎と大黒屋の亭主との間は普通のつき合いではなかった。

大黒屋の亭主は常右衛門《つねえもん》といって四十二歳になる。ここに穀物屋を出したのはそう古くなく、五年前だった。女房はすてといって三十二、三くらいだが、色が白いのと顔かたちが小ぎれいなので、年齢《とし》より若く見える。夫婦の間には子供がなかった。幸八が見かけた雇女というのは、葛飾《かつしか》の在から来ているおくまという女で四十八である。

留五郎が大黒屋から酔って出たことで手先の幸八が想像したように、常右衛門と留五郎との間は一年前からのつき合いであった。留五郎が幸八に名乗ったように、彼は浅草馬道の裏店《うらだな》に住んでいて、これという正業を持っていない。これがどういう因縁かときどき大黒屋に行く。大黒屋の亭主は、武州秩父《ちちぶ》の同郷だと女房に説明していた。一年前に二人の交際がはじまった頃は、留五郎もおとなしい男だった。彼は常右衛門夫婦の前に出ても頭が低く、如才がなかった。しかし、留五郎はどうやら博奕《ばくち》で食いつないでいるらしい。常右衛門がときどき小遣をやるのも、その辺を知ってのようだった。

留五郎も夫婦を慕うように十日に一度ぐらいは顔を出す。それが次第に激しくなってきたのは、彼が小遣銭をもらいにくるだけではなく、常右衛門の留守を窺《うかが》っては女房のすてに何かと言い寄る気配が見えだしてからである。

はじめは留五郎も酒を飲むと酔った振りをして、

「おかみさんのようなきれいな女房を持つと、わっちのような男も身持が直るんだがな」

と言ったりした。

「留さんなんざ手慰みを止めてまともな仕事に就いたら、いくらでもきれいなかみさんが来ますよ」

すては迷惑そうにしているが、夫の常右衛門とのつき合いの手前、いつもはぐらかしている。

「わっちもそう思っておりますが、こんな男に好きこのんで来るような女もいねえようです」

「そんなことがあるもんですか。そう言っちゃなんだけど、留さんがちゃんとしたら、あたしがいくらでも口を利いてかみさんを世話しますよ」

「いや、ほかの女じゃ気が染まねえ。わっちにはおかみさんのような人でねえと性が合いそうにもありません」

「あたしが若くて、今の亭主がいなかったら、おまえさんのかみさんになるんだけれどね、世の中はうまくいかないもんだね。これぱっかりは神さまのお決めになったことだから、留さんもあたし以上の女をせいぜい探しなさいよ」

すてもときにはそんな柔らかい言葉で留五郎の口説を外《はず》そうとする。しかし、酒を飲むにつれて留五郎の眼は次第に粘っこくなってくるのだった。

すては留五郎を迷惑がったが、さりとて夫の常右衛門に明らさまに言うこともできなかった。夫婦でもなんとなくそれが憚《はばか》られる。だが、二度、三度と留五郎の口説が露骨になってくれば、これは夫に報《し》らさないわけにはいかなかった。

「留の奴も困ったものだ」

と、常右衛門はそれほど気にもしていないようだが、顔だけはしかめた。

「奴は遊び人だ。近くには岡場所もあるし、白首《しろくび》の出る柳原も遠くはない。女には不自由してないはずだが、やっぱりちゃんとした世帯《しょたい》持ちのところに来ると、女房が持ちたくなるんだろうな」

「それはいいけれど、あたしのような女でないといやだなんて、気味の悪いことを言うんだよ。ねえ、おまえさん、留さんとつき合うのもいいが、なんだかこのままだと面倒なことになりそうだから、そうならないうちにいい加減に手を切ったらどうだえ？」

「まあ、考えておこう。おまえを揶揄《からか》ったから明日から来るなじゃア、おれが嫉妬《じんすけ》を起しているように取られてみっともない」

「今でこそ言うけれど、留さんのような人を出入りさしてもおまえさんにはちっとも得はないんだけれどね。あたしは本当はあの人に来てもらいたくないんだよ」

「そいつは分っているが、同じ村に生れた男と思えば、そうすげなくすることもできない。旅の空はお互いだ。年齢こそ下だが、まあ、わたしを何かと頼りにしているから、すげなくもできないわけだ。あれで根はいい男なんだ。そのうち、わたしからみっちりと意見してやろう」

「そうかえ」

「留の野郎が三十で、おまえが三十二。そのぐらいの男で独り身にとっちゃ、小便くさい女よりも、えてして年上の女に気を惹《ひ》かれるのかもしれない。まあ、おまえもいい加減にあしらっておけよ」

「あい。あたしゃ、そのつもりだけれど、ときどき薄気味悪くなるんだよ」

「まさか亭主のいる女房に手を出すようなこともあるめえ。まあ、酒の上の戯《ざ》れごとだと思って聞き流すんだな」

常右衛門は、そんなことを言ってすていを宥《なだ》めている。

常右衛門は痩《や》せていて身体も細い。留五郎は表から入ってくるのに首を縮めるような背の高い男で、角張った顔は陽灼《ひや》けしたようにいつも黒く、皮膚が脂ぎっている。博奕で負けると、日雇人足などもしているらしいのである。

その留五郎が半年前から大黒屋に泊りにくるようになった。はじめはひどく酔ってきて、

「なあ、常右衛門さん、これから馬道くんだりまで帰るのも大儀だ。悪いけれど、今夜は店先にでも寝かしてくれねえか」

と、熟柿《じゅくし》臭い息を吐いて頼み込んだ。

「仕方のない奴だな。まあ、いいや。おい、おすて、裏の部屋に蒲団《ふとん》を敷いてやってくれ」

女房はいやな顔をするが、渋々ながら言われた通り床を敷いた。

「すみませんね、おかみさん。悪い癖だが、止めよう止めようと思いながら、居酒屋の前を通るとプーンと匂う、あの酒がどうにもおれを手放さないのだ。いや、これからぷっつりと酒を絶ちますよ。全くご迷惑のかけっぱなしで申し訳ありません」

留五郎はよろよろしながら、それでも畳に手をついて礼を言った。

そんなことをされると、すても無下《むげ》に断わることもできなかった。腹の中ではいや

だとは思っても、つい、そんな斟酌《しんしゃく》しないでもいいよと、愛想の一つも出た。

それが留五郎の泊りにくるきっかけだった。本当に酔って帰れなくなったのか、それとも初めから企《たくら》んだ芝居かは、当初は判断がつかなかった。

はじめの四、五回は泊りにくる留五郎もひどくおとなしかったが、或《あ》る晩の夜更けに表戸が叩《たた》かれた。

渋々起きたおくまが戸をあけて、夫婦のところに来た。

「留さんがなんだかひどく酔って、泊めてくれと言っていますよ」

「仕様がないな」

と、常右衛門は舌打ちした。

「おまえさん、そんなに酔ってるんじゃ断わったらどうだえ？」

「まあ、こんな時刻じゃそうもいかない。辻駕籠《つじかご》だってとっくに無くなっている。仕様がない。おすて、寝かせてやれ」

留五郎が荒々しく表から入って来た。

「すまねえな。常右衛門さん、また厄介になるぜ。……おかみさんか。せっかく夫婦《めおと》で寝ているところを悪かったな。とんだ厄介者が舞込んだと思って諦《あきら》めてくんねえ」

常右衛門はさすがにむっとしたようだったが、これまでのつき合いを思ったためか、それとも留五郎の体格がおそろしく頑丈なので乱暴を働かれても困ると思ったか、不承不承に承諾した。

すると、今度は、それを皮切りに留五郎は大びらに泊りに来るようになった。

三

亭主が家に居るときはまだよかった。留守のときに宵から来て泊らせてくれと言うと、すても心を決めて拒絶しなければならなかった。そんなときはおくまが防禦《ぼうぎょ》の役を買ってくれた。

「まあ、留五郎さん、いくら懇意な仲だか知らないけれど、女だけのところに泊ろうというのは少し無茶ですよ。ご近所の聞えもありますからね。まあ、今夜はおとなしく馬道まで帰っておくんなさい」

「常右衛門が居ねえと？　ふん、女房孝行の亭主のことだ、まさか夜っぴて家をあけるわけでもあるめえ。そのうち帰って来らア。帰って来れば、どうせおれを泊めてくれるに決っている。手間が省けるだけでも助かるというものだ」

「何を言ってるんだ、留五郎さん。そりゃウチの旦那《だんな》は帰って来るに決っているけれど、ものにはけじめというものがあらアね。さあ、今夜は後生だから帰っておくれ」

留五郎もこの雇女のおくまは少し苦手とみえて、素直に帰ることもある。

その代りすでに逢《あ》うと、例の口説がだんだんひどく昂《こう》じてくる。

「おかみさん、おれはいつも言う通り、おまえのような女でないと女房にしたくねえのだ。おれが面白くもねえ常右衛門のところに再々やって来るのも、おかみさんの顔が見てえからよ」

「何を言ってるの、留五郎さん。あたしには亭主がいるからね。いくら酒の上の冗談でも亭主が聞いたら心持がよくないに決っているよ。止しておくれ」

「常右衛門が聞こうが、土左衛門が聞こうが、おれの言うことは正直だ。……おや、今夜は亭主の帰りがいやに遅いようだね」

「あいよ。小伝馬《こでんま》町に無尽《むじん》の講があってね、それでちっと帰りが遅れるかもしれないけれど、もうそろそろ戻るころだよ」

「なにもおれがおめえを口説くからといって、あわてて亭主の足音を聞かすような台辞《せりふ》を言うことはねえぜ。おらア常右衛門なんぞ怕《こわ》くはねえ。……おすてさん」

「え？」

「へへへ、おかみさんと言やア他人行儀に聞えらア。いやさ、おすてさん、おまえの顔を見ると、おらア亭主のいることを忘れてしまうのだ」

「おまえさん、酔っ払ってそんなことばかり言うと、あたしは、もう、明日からここに来ることをお断わりするよ」

すては居ずまいを直して隙を見せまいとする。

「いや、冗談だ冗談だ。そうきっちりと出られちゃ一言もねえ。……だがな、おすてさん、いや、おかみさん、おれのせめてもの楽しみは、この大黒屋の閾《しきい》を跨《また》ぐことだ。そいつを断わられたんじゃ、おらア自棄《やけ》になってどんなことをするかしれねえぜ」

「えっ」

「有様《ありよう》は、おまえという女を見てから、おらア他人《ひと》と喧嘩《けんか》もしねえ。乱暴も慎んでいるのだ。そうでなかったら、これまで気に入らねえ奴を叩き殺したかもしれねえぜ」

「おどかさないでおくれよ、留さん」

すては俄《にわ》かに怯《おび》えた眼になった。

そんなことがだんだん重なってくれば、すても夫に告げ口しないわけにはゆかなかった。

「仕様がない奴だな」

と、常右衛門は困った顔をした。

「あいつは酒に酔うと、そんなところのある野郎だ。おまえに冗談を言ってはいるが、何か手出しでもしてふざけたかえ？」

「おう、いやだ。そんなことをされてたまるもんか。あたしゃそう言われただけで身《み》慄《ぶる》いがするよ」

「それみろ。奴は口だけだ。これがおまえの手を握ったとか、首筋を摑《つか》んだとかいうようなことだったら、奴の出入りを止めるが、ただの軽口を咎《とが》めて、言い渡したんでは、わたしがよっぽど甘い男に見える」

「おまえさんはそんな呑気《のんき》なことを言ってるけれど、あたしゃ今にも留さんから身体を抱え込まれそうな気がするんだよ」

「口先の強い男は気が弱いのだ。よしよし、今にわたしがどこかの女を留に当てがって女房にしてやる。そしたら、そんな悪い料簡《りようけん》も直るにちがいない。まあ、亭主とのつき合いだと思って我慢していろ」

常右衛門はなぜか留五郎に対して煮え切らなかった。

去年の暮、三の酉《とり》の晩に、その留五郎が例によって強《したた》か酔って戸を叩いた。

「どうした、留？」

「どうしたもこうしたもねえ。この通りだ」

と、留五郎は店から買って来たらしい熊手を畳の上に投げ出した。

「今夜は来年の開運を祈って、友だちと少々飲んで来たのだ。常右衛門さん、悪いけど、今夜もおめえの家に泊めてもらうぜ。おう、おかみさん、そんな迷惑な顔をしなさんな。せっかくお酉さまに来年の景気を祈って来たのだ。そんな顔をされると、開きかけたおれの運が凋《しぼ》んでしまうというものだ。……水を一杯くんねえ」

「仕様がないねえ」

台所から茶碗《ちゃわん》に水を汲《く》んで来て渡すとき、留五郎の指がすての指先にちらりとふれた。意識的にか無意識的にか留五郎に手をさわられたのはそれが初めてだったので、すてはあわてて身体を退《ひ》いた。

「うめえ」

留五郎はぐっと呷《あお》ると、

「睡い睡い。おれの寝床はいつもの所だろうな。勝手は分っている。おらア酔っているのだ。べつに蒲団《ふとん》なんざいらねえ。ごろりと転がらせてもらうぜ」

留五郎はふらふらと起き上って奥のほうへ行こうとする。

「仕様がねえ。おすて、風邪を引かせるといけねえ。どうでもいいから、蒲団だけ出してやれ」

「いやだねえ、ほんとに。……おまえさん、いつまであの人とつき合う気だえ？」

留五郎のうしろ姿に女房は顎《あご》をしゃくった。

「そうだな、おめえがそれほど嫌うなら仕方がない。酔っているあいつに言い聞かしても無駄だから、明日の朝、冷めたときにとっくりと意見して、この家に寄りつかせないようにする」

「本当にそうしておくれよ。いくら冗談でも、あたしゃ気味が悪くて仕様がないからね」

すてが奥の四畳半に行くと、留五郎は言葉通りに畳の上にひっくり返っていた。狸寝入りか、それともよほど酔が回っているのか、転がったまま身動きもしなかった。すては押入から蒲団を抱え出して、彼の横にそっと敷いた。留五郎は寝返りを打ったが、その拍子に手が伸びてすての足首を摑んだ。

「あれ」

びっくりしてすてが跳びすさると、留五郎は眼を閉じたまま寝言のように何か呟《つぶや》いて、また動かなくなった。すては逃げるように部屋を出たが、激しい動悸《どうき》がいつまでも収まらなかった。

「どうだ、留の様子は？」

常右衛門は、寝巻の上に丹前を羽織ったまま悠然と莨《たばこ》を吸っている。

すてもさすがに留五郎の今の動作を告げる勇気はなかった。

「なんだか酔ったまま畳の上に寝転んでいましたよ。あたしは起しもしないでそのままにして来ましたがね。寒くなったら、気がついて床の中にもぐり込むでしょうよ」

すては胸を押えて言った。

「それみろ。奴は酔うと正体がないのだ」

常右衛門は何も気づかないで欠伸《あくび》をした。

「とんだやつが舞込んだおかげで寝ばなを起された。どれ、ぼつぼつ寝るとするか」

すても自分の寝床に入った。おくまは夜が早く、宵の口から三畳の間に入ったきりだ。常右衛門は隣の部屋でもう鼾《いびき》をかいていた。

すては、同じ家の中に留五郎が寝ているかと思うと不安でならなかった。最初はそれほどでもなかったが、近ごろはその不安が次第に濃くなってくる。……

すてが常右衛門と一緒になったのは今から四年前で、実は彼女としては二度目の縁づきだった。

最初の亭主が七年前に死んで、小料理屋に女中奉公しているとき、ときどき飲みに来ていた常右衛門にすすめられてこの家におさまった。常右衛門は律儀な商人で、すてをよく可愛がる。

前の亭主があまり身持がよくなかったので、彼女は仕合せな境涯を喜んでいた。

そこに留五郎という男が現われたので彼女の心は曇った。

それにしても常右衛門はなぜ女房の言うことを聞かずに留五郎を可愛がるのだろうか。親切な男だし、心の寛《ひろ》い亭主と知っているので、すてもそれを頼りにはしているが、留五郎の様子がだんだん傍若無人になってくると、やっぱり常右衛門に断乎《だんこ》たる態度に出てもらいたかった。

しかし、今夜の常右衛門の言葉では、明日は絶縁を宣告するというので、それが何よりの心恃《こころだの》みであった。そんなことをいろいろ考えているうちにすてもいつの間にか睡りに落ちた。

すては、ふと何かに身体をさわられたような気がした。たしかに傍に男が居て、寝ている自分の肩を押えつけていた。行灯《あんどん》を消しているから真暗だが、すての意識ははっきりと醒《さ》めていた。

それが亭主の常右衛門でないことは、当人の鼾が隣の部屋で聞えていることでも分った。はっとしたのは、酒臭い息がすぐ自分の顔の前に嵐のようにかかって来たことだった。

身体を起して叫ぼうとすると、その口を大きな堅い手が石蓋《いしぶた》のように塞いだ。

「静かにしろ」

と、留五郎の声が低く言った。すては動顚《どうてん》して動悸が早鐘のように搏《う》った。

「声を出すんじゃねえ。常右衛門はぐっすりと寝ていらアな」

留五郎はおし殺した声でつづけた。

「おすてさん、おれの気持はおめえに分ってるはずだ。とうからおれはおめえに思いを寄せている。これまでおめえの家に無理をして泊り込んだのも、なんとかおめえを奪《と》りたいからだった。それがいざとなると出来ねえままに今までずっと来た。今夜だけは……いや、夜が明けたから今日のことになるが、まだ外は暗え。常右衛門もあの様子じゃ当分眼を醒ます段じゃねえな」

すては叫ぼうとしたが、口も鼻も塞がれているので呼吸《いき》をすることすら苦しかった。

「おれはどうしてもおめえを常右衛門から奪るぜ。……おめえの心持次第では今夜だけでもいいのだ。なに、あとは口を拭《ぬぐ》っておけば金輪際、常右衛門には分りっこねえ」

留五郎はそう囁《ささや》きながら、掛蒲団の上からすてを押えこんだまま足の先を蒲団の中に入れた。酒臭い息は次第に荒く忙《せわ》しくなっていた。

すてが身体を動かそうとすると、かえって留五郎に侵入の隙を与えるような恰好《かっこう》に
なる。彼の毛むくじゃらな硬い脚はもうすての両脚の間に割込みつつあった。

「おすてさん、おれはおめえが好きだ。後生だから、おれの言うことを聞いてくれ」

留五郎はすての口を押えた手を外して、いきなり両手をすての首に回し、自分の顔
に押しつけようとした。

べっとりとした粘い唾《つば》がすての頰に流れた。同時に留五郎の身体が大きく揺れてす
ての寝巻の上にはい上ろうとした。そこに隙ができた。

「あんたっ」

と、すては叫んだ。

「おっと、いけねえ」

留五郎がその口を封じるようにあわてて手を戻したが、すては首を激しく動かして
叫んだ。

「あんたっ、あんたっ」

隣の鼾が止んだ。

「えい、この女《あま》」

留五郎の太い手は女の頰を平手打ちにした。彼女は眼が眩《くら》んだ。その瞬間、留五郎の手は女の懐ろの中にすべり込んだ。すての背中から脳髄まで麻痺《まひ》に似た戦慄《せんりつ》が走った。常右衛門の鼾は止んだが、すぐに起きて来そうになかった。留五郎もその様子を窺《うかが》うように、すてを押えつけたまま石のようにじっとしている。常右衛門はまた睡りに陥《おち》たのかもしれなかった。

すては、もう駄目だという気がした。叫ぼうにも声が出ないくらいに唇が痺《しび》れている。留五郎の手が懐ろの中で皮膚を揉《も》みはじめた。

すての憶《おぼ》えているのは、頰に当る留五郎の針のような頰髯《ほおひげ》と、脚の上に匍《は》い上ってくる針金のような逞《たくま》しい脚だった。右手は留五郎に上から押えられ、左手は折られたまま潰《つぶ》れるくらいに握られている。すては奈落《ならく》に落ちてゆくような絶望感をおぼえたが、それでもさっきの殴打で麻痺した口からようやく必死に、

「あんた」

と呟くような声が出た。

そのとき、隣から眼の醒めた声が飛んで来た。

「おすて、どうした？」

すては口が利けるようになったので、

「あんた、来てっ」

と、今度ははっきりと叫んだ。

自分の上にのしかかった重量が急に取れたのはそのときである。留五郎はぱっと蒲団の横から跳び起きた。と同時に襖《ふすま》があいて常右衛門の立姿がのぞいた。すてが掛蒲団を身体に巻きつけて俯伏《うつぶ》せにかがみこんだのも同時の動作だった。

四

留五郎がすてを手籠《てごめ》にする現場を亭主の常右衛門に押えられて、その場の成行がどうなったかはよく分らない。とにかく、あまり大した騒動にならなかったことは確かだ。

この場合、亭主の立場はかえって微妙である。普通なら、自分の女房に怪《け》しからぬ振舞に及ぼうとしたのだから、相手の男を叱るだけではなく、叩《たた》きのめしても構わないわけだ。しかし、それでは夜中の大騒動になって近所に噂がひろまってゆく。あまり外聞のいいことではない。しかも、対手《あいて》がしげしげと出入りする友だちだから、よけいに具合が悪い。

留五郎は、それきり四、五日大黒屋に姿を見せなかった。さすがにもう来られた義理ではあるまい、と思っていたところ、宵に入ってから留五郎が赧《あか》い顔を店さきに出した。

「おい、おかみさんは居るかえ？」

留五郎が熟柿《じゅくし》臭い息を吐いて女中のおくまに訊《き》いた。

おくまもこの前から、主人夫婦の素振りで大体の様子は察していた。

「おかみさんは、ちょっと出かけていますよ」

彼女は無愛想に言った。

「なに、居ねえと？　どこへ行った？」

「品川の親戚《しんせき》が病気ということなので、品川に行ったかも分りませんよ」

「なに、品川だと？　何を言やアがる。品川に行くなら一晩泊りだ。そんな大そうなよそ行きをおめえが知らねえはずはねえ。大方、奥で常右衛門といちゃついているにちげえねえ。おかみさんに留さんが来たと言ってくれ」

「おや、大そうなことをお言いだねえ。その留五郎さんにおかみさんは会いたくないと言ってるよ」

「今は会いたくねえかもしれねえが、そのうち、この留さんに会いたくて仕様がねえようにしてやるのだ。おれの女扱いは、自慢じゃねえが、そこいらの男とはちっとばかり違うのだ。常右衛門などはおいらの足もとにも及ぶめえ。一度功徳を施したら、女のほうから夢中で追回してくるようになるのは請合いだ」

「大そうな御自慢だが、そんな相手なら、洲崎《すさき》の白首か、柳原の夜鷹でも相手にしたほうが、おまえに身上《みあが》りしてくれるよ」

「こいつ、女中のくせに減らず口をたたく奴だ。その商売女にはとっくに修行を積んで、もう飽き飽きしたところだ。次は素人《しろうと》の女だ」

「おまえも因業な人だねえ。なにも他人《ひと》の女房に眼をつけることはあるまいにね」

「そこがこっちのお好みになったのだ。おう、おくまさん、ここでおめえとやり合っていては時刻《とき》が経つばかりだ。おかみさんへの忠義立てもいいが、どうだ、素直に行先を教えてくれねえか。案外、あとでおめえがおかみさんに礼を言われるかしれねえぜ」

「わたしはほんとに知りませんよ」

「畜生、どこまでも隠し立てをする気だな。よし、こうなった上からは常右衛門に掛合いだ」

「まあ、呆《あき》れた人だねえ。こそこそと旦那《だんな》の眼に隠れて捜すならともかく、その旦那に掛合うというのだから、おまえも太い料簡《りょうけん》だね」

「なんでもいい。常右衛門を出してくれ」

「旦那は、どこかの無尽講に行ってるんだからね、この次にしておくれよ」

「本当に居ねえんだな？」

「何度言っても同じことだよ」

「よし。じゃ、この次におかみさんか常右衛門の居るときにちゃんとやって来るから、そう言っておいてくれ」

留五郎は肩を怒らして出て行った。あとを見送ったおくまが奥へ走り込んで行くと、狭い部屋に坐《すわ》っている常右衛門に今の次第を報告した。

「ねえ、旦那、呆れるじゃありませんか。あんなげじげじ野郎は何とかなりませんかね？」

「困った奴だ」と、常右衛門も嘆息した。

「あいつは酒癖が悪い上に滅法力が強い。悪くして怪我でもさせられてはつまらないのですを隠したが、それでも諦《あきら》めないのかな」

「諦める段じゃありません。これからもたびたび、おかみさんの行方を教えろと押しかけて来るに違いありません」

「困ったことだ」

常右衛門はただ腕組みをして嘆息している。

「旦那、いっそお上《かみ》に訴えて留五郎を縛ってもらうわけにはいきますまいかね？」

「そいつはわたしも考えないでもないが、そういう訳にもゆくまい……。それに、口先ばかりのおどしではお上でも留五郎を縛ることはできまいしな。これが刃物を振り回したとかいうのなら訴えることもできるが」

「困ったことでございますねえ」

おくまも常右衛門の気持が分らないではなかった。彼の貧弱な体格では留五郎にとてもかなうはずはない。留五郎は乱暴者だから、嚇《かっ》となると何をするか分らないのだ。常右衛門はそれを怖れている。意気地がないと言えばそれまでだが、力の相違はどうしようもなく、ただ困惑するばかりである。

「旦那、一体、おかみさんをどこに隠されたのでございますかえ？」

おくまは訊いた。

「あれか。実は金杉《かなすぎ》のほうに知り合いがあってな、しばらくそこに身を隠しているように言ってある」

「ほんとにおかみさんも災難ですねえ。なんとかならないものですかね？」

おくまが言ったように、その二日後にも留五郎は酒気を帯びてやって来た。仕方なく常右衛門も応対したが、留五郎は懐ろから匕首《あいくち》などをのぞかせた。

「やい、常右衛門、この前はとんだ恥を掻《か》かせてくれたな」

留五郎は、すてとの現場を押えられた恨みを言った。彼は髭面の中に濁った眼を据えていた。

常右衛門がおとなしく宥《なだ》めようとすると、

「いやだ、いやだ、おれはどうでもおめえの女房が欲しいのだ。すてに精いっぱいに惚《ほ》れてるのはおれのほうだ。やい、常右衛門、女房をどこにやった？　正直に行先を言え」

「すては病気保養のためにしばらく品川の親戚にやってある」

「病気保養だと？　また器用にあの翌《あく》る日から病気になったものだな。おまえの心底は分っている。おれに女房を奪《と》られるのが厭《いや》でよそに隠したのだろう。品川の親戚というのはどこだ？」

「留さん、おめえが訪ねて行ったのでは向うが迷惑する」

「こうなったら、迷惑も何もねえ。さあ、素直に行先を言え。言わねえとおれにも覚悟があるぜ。せっかく一旦《いったん》は押えた女だ。おれはあれ以来、無性におめえの女房が欲しくなってきたのだ。まさか小網町《こあみちょう》じゃあるめえな？」

「え？」

「ははは。こいつは禁句だった。本郷《ほんごう》は八百屋お七だからこっちも違うなア」

留五郎は謎のようなことを言った。常右衛門の顔色が少し変っていた。

「まあさ、留さん、そんな大きな声をするでないよ。近所にみっともないからね」

「また婆アが出て来やがったな。近所に聞えようが、こちとらの知ったことじゃねえ。おめえは何にも知らねえんだから、引っ込んでろ」

「おまえも因業な人だねえ。この前からたびたびこちらに厄介になっていながら、恩を仇《あだ》で返すとはひどい人だねえ」

「えい、つべこべぬかすな。さあ、常右衛門、ここではっきりと打明けろ」

留五郎は、今にも常右衛門に躍りかかりそうな勢いだったが、おくまが間に入って、なんとか宥めすかしてその場は彼を帰した。

しかし、それからも留五郎は三日にあげずやってくる。常右衛門は怕《こわ》がって相変らず留五郎を避けていた。その何回目かの留五郎の押しかけた午下《ひるさが》りに、惣兵衛手先の幸八が彼を見かけたのであった。

五

幸八は荒れた留五郎を目撃してから、どういうものか、彼が気になって仕方がなかった。親分の惣兵衛に笑われたが、それでも幸八は諦めることができなかった。彼はこの前留五郎と出遇《であ》った飲み屋にも顔を度々出した。銚子《ちょうし》を一本頼んで、

「留さん、来てるかえ？」

と訊《き》くと、いつもすれ違いになっている。

幸八は残念に思ったが、飲み屋に足を運ぶ一方、大黒屋のほうにも聞き込みを怠らなかった。

「そう言えば、おかみさんはこのごろ見えませんね」と、近所では言っていた。

「旦那の常右衛門さんはどんな人ですかえ？」

「おとなしい人です。なかなか信心も深うございますよ」

「信心というと、神様へでも詣《まい》っていますかえ？」

「いいえ、寺詣りです。どこだか知りませんが、本郷のほうの寺に十日に一度ぐらいは詣っているようですよ」

「なるほど、そいつは信心者だ。ところで、あそこにはちょいちょい大きな男が訪ねて来ませんかえ？」

「その人ならよく見かけます。常右衛門さんの知り合いとかで、この前まで泊って帰

ったりなどしていましたよ。けど、近ごろは、何だか知りませんが、少しごたごたしてるようですね」

近所のおかみさんは、さすがにそこまでしか言わなかったが、どうやら、留五郎の嚇《おど》しはうすうすは察しているようであった。

「大黒屋さんの商売は繁昌《はんじょう》していますかえ？」

幸八は別な質問に移った。

「そうですね、それほどぱっとはしていませんが、地道にやっているんじゃないでしょうか」

近所の口だから、どうしても当らず障らずになる。してみると、商売は細々というところらしい。

大黒屋は、この町内に五年ぐらい前から引越して来ている。だからまだ取引もそれほどひろがらないのだろうと、幸八は察した。亭主の常右衛門はなかなかの人柄らしい。月に三度は寺詣りをするというのだから、その人柄のほどが分る。そうなると、彼をおどしにゆく留五郎がいよいよ芝居に出てくる赤面《あかつら》に思えてきた。

その晩、幸八がいつもの飲み屋に行くと、今夜は留五郎の姿が片隅に見えた。しめたと思ったが、すぐには声をかけずに、片方に身を寄せて銚子を取った。留五郎はだいぶん下地が入っているらしく、亭主と機嫌よくしゃべっていた。幸八は、この家に自分が留五郎を捜していることを口止めしてある。

幸八が入って来たのに気がつかない留五郎は、一しきりしゃべり終ると、懐ろから紐《ひも》の付いた財布を出して勘定を払い出した。

すると横に居た客がふいと留五郎に声をかけた。

「ちょいと、兄哥《あにい》」

呼び止められて留五郎は、じろりとその客を見た。彼は三十四、五ぐらいで、鳶職《とびしよく》らしかった。

「なんだ、おれのことか？」

「すまねえ。呼び止めたのはほかでもねえが、おまえさん、ひょっとすると、加賀《かが》の人じゃねえかね？」

「なんだと」留五郎は眼をむいた。「おらア、そんなもんじゃねえ。第一、おれが加賀だろうが、薩摩《さつま》だろうが、余計なお世話だ。やい、てめえのほうから名乗りもしねえで何を吐《ぬ》かしゃアがる」

「まあ、兄哥」

と、対手《あいて》が酔っていると思ったか、鳶は頭を下げた。

「気を悪くしたら勘弁してくれ。いや、実は、おれは加賀の大聖寺《だいしょうじ》在の生れでね、若いときから江戸に飛び出して来たものだから、おめえのように加賀訛《なまり》を聞くと、つい、懐しくなったのだ」

「えい、また吐かしゃアがる。おれを加賀の者だと勝手に決めやがって太え野郎だ」

「いけねえ。こいつは謝りだ」

と、鳶が首をすくめた。留五郎は、機嫌を悪くしたように外に出た。

思わぬ飛入りで、始終を見ていた幸八は、ついと、その鳶の横に身体を寄せた。留五郎の行先は大体見当がついているので、彼はここに少し残ることにしたのである。

「すまねえ。おれはこういう者だ」

幸八が鳶の耳もとに囁《ささや》くと、鳶の態度は変った。

「おめえ、今の人を加賀訛だと言ったが、そうかえ？」

「へえ、今の人は江戸弁を使ってはおりますが、訛にははっきりと加賀のものが入っております。わたしは加賀生れですから、それがよく分ります」

そう言われてみると、幸八も留五郎の言葉の調子にどこか京訛のようなやさしさがあるのに気づいた。

「どうして、わたしが加賀の人だろうと言ったら、あの人は怒ったのでしょうね？」

「そりゃ、おめえ、当人は江戸っ子のつもりにしているんだろうよ。そいつをおめえに田舎者扱いされたので、ぷりぷりしたのさ」

幸八が勘定をして外に出ると、もちろん、留五郎の姿は見えなかった。見当のついている大黒屋まで行くと、表の戸は閉まり、潜《くぐ》り戸だけが開いて、腰障子が見えていた。耳を澄ましたが、内からは何の声も聞えない。幸八は案に相違したが、この際だと思い、思い切って戸を叩《たた》いた。

「誰ですかえ？」

その声はおくまであった。

「すまねえ。ちょいと買物に来たんだ。閉まってるところを悪いが、小豆《あずき》を二合ほど売って貰《もら》いてえ」

下駄《げた》の音が近づいて腰障子があいた。果してそれは女中のおくまだった。

「すまねえ。初午《はつうま》が近えので、ちっとばかり小豆を炊こうと思ってね」

おくまは商売物の小豆を一合桝《ます》で掬《すく》い、

「おまえさん、何か入れものを持って来ただろうね？」

と言った。

「ここに風呂敷《ふろしき》があるから、これに移しておくんなさい」

幸八は、いつも懐ろに用意している汚い風呂敷をひろげた。その拍子におくまは幸八の顔を見咎《みとが》めた。

「おや、おまえさん、こないだ、留五郎さんのことで聞きに来た人だね？」

「うむ、おめえさんもの憶《おぼ》えがいいな。留とはちょっとした知り合いだが、なに、それほど深え関り合いがあるわけじゃねえ」

幸八は、ついでだと思い、

「留といえば、近ごろはよくここに来ますかえ？」

と訊いた。

「いいえ、そんなには来ませんよ」

「今夜もそこの飲み屋の前を通りかかるとき留の声をちらりと聞いたが、こっちに回って来ませんでしたかえ？」

「いいえ、来ませんよ」

おくまは留五郎のことを聞かれるのをあまり喜ばないらしく、小豆を風呂敷の上に移すと、さっさとそれを包んで結んだ。

「おまえさんがいつも商売してるようだが、ここの家にはおかみさんが居ねえのかえ？」

「おかみさんは親戚《しんせき》の家に行っています」

「ご亭主はどうだえ？」

「主人も居ませんよ」

何を訊いても居ない居ないであった。幸八は話の接ぎ穂を失って表へ出たが、おくまに背中を睨《にら》まれているような気がした。しばらく歩くと、うしろで潜り戸が強く閉まる音を聞いた。

六

その年の初午は二月の四日であった。

横山町で小さな古着屋を出している手先の幸八は、朝の四ツ（午前十時）に松枝町の親分惣兵衛から使いを貰った。幸八は、古着の商《あきない》を女房にやらせているが、この頃の岡っ引の手先になる者は、たいてい内職をしていた。いや、本職が商売で、内職が御用聞ということになろう。親分から貰う手当は僅《わず》かなものだったが、お上の御用を聞いているというので顔が利いたのである。

「親分、なんですかえ？」

長火鉢の前にいる惣兵衛は幸八を待っていた。

「何かじゃねえ。初午の揚げものを食べさせるためおめえを呼んだんじゃねえ。乞食《こじき》橋の空地に男の殺された死骸《しがい》が出て来たのを知っているか？」

「こいつはいけねえ。謝りです。早速、現場に行ってみましょう」

「おめえが行かなくても、おれは今そこから帰《けえ》ったばかりだ。八丁堀の旦那《だんな》がたも一《いっ》刻《とき》前に出役なすってお引揚げになったところだ。おめえが一番ぼやぼやしている」

「ますますいけねえ。勘弁しておくんなさい。権太《ごんた》も、熊五郎《くまごろう》も面を出しましたかえ？」

幸八は、ほかの同僚のことを訊《き》いた。

「うむ、それぞれ当らせているが、こいつは、おめえでねえとちっとばかり勤まらねえところがあるのだ」

「なんですって？」

「殺された男は、いつぞやおめえが物好きにおれに吹聴《ふいちょう》していた留五郎だ」

幸八はびっくりした。

「あの留の野郎が殺されましたか？」

乞食橋の西岸は草地になっている。この乞食橋というのは、常盤橋《ときわばし》門から神田橋門に向かう濠端《ほりばた》から東に入った濠堀《ほり》に架かっている。ここには橋が九つ架かっていて、西側から竜閑橋《りゅうかん》、乞食橋、中ノ橋、今川橋というふうになっている。どういうわけで乞食橋というのか分らないが、とにかく、その橋と中ノ橋との間の空地に、今朝の五ツ（午前八時）ごろ通行人が男の惨殺死体を発見した。自身番から連絡を受けて惣兵衛が現場に赴き検視している間に、当番の八丁堀同心もやって来た。

殺されたのは大きな男で、顔に四ヵ所、手、肩、背中、腹といった具合に数ヵ所の傷痕《きずあと》がある。顔は一方の目玉が飛び出して鼻の脇に流れ出そうなくらいふた目と見られぬ深手だった。よほど残忍な下手人にかかったのであろう。

その傷は刀やドスなどによるものではなかった。切傷や刺傷が一つもない。傷の恰好《かっこう》は緩く彎曲《わんきょく》していた。そのかたちからみて、惣兵衛は鍬《くわ》の先でめった打ちにされたのだろうと鑑定した。この推定には立会いの同心も異存がなかった。

「これが田舎のことなら鋤鍬《すき》で殴るということもあるが、町なかにしては珍しい」

「留五郎は、そこの空地で殺されたんですか？」

殺されたのはそこではなかった。血痕《けっこん》などが枯れた草に一つも散っていない。また草もそれほど乱れていなかった。現に前の日そこを通った者が死骸を見ていない。殺された現場はよそで、昨夜のうちにそこに運んだものと思えた。それを証明するように、草地の端には大八車らしい轍《わだち》の跡がついていた。

「へえ、おどろきましたね。で、親分、留五郎はいつごろ殺されたのでしょうか？」

それは惣兵衛が仔細《しさい》に検視している。死人の臑《すね》には、まだ据えたあとの生々しい灸《きゅう》点《てん》があった。

「灸ですって？　分った。そいじゃ一昨日《おととい》ですね」

幸八が叫んだのは、二月二日には昔から二日灸といって男女が灸点を行なう風習があるからだ。これは八月にもあるが、二日灸は二月のものが最も知られていた。「身上りも二月二日はおのがため」の古川柳がある。

「おれもそう睨んだ。だから、灸点を下ろした所に行けば、案外、手がかりが摑《つか》めるかもしれねえと、いま、熊と権太とを走らせている。灸点は素人じゃできねえときもあるからな」

「そいつは死んだ留五郎もいいものを残しました。で、そいつが留五郎だとはどうして分りました？」

「検視をしているうちに見物人の中から、そいつは馬道の裏店《うらだな》に居る留五郎だ、と教えてくれる人が出てな。その人は、恰度《ちょうど》、そこに通り合わせたという次第だ」

幸八の頭にまっ先に泛《うか》んだのは、もちろん大黒屋常右衛門だった。この前から留五郎は酔ってはたびたび夜大黒屋に押しかけて行っている。常右衛門は留守だと言って彼を避けている。常右衛門の女房も姿を消している。こう三つ揃えると、大黒屋夫婦と留五郎との関係、ひいては下手人の線もおぼろに浮かび上ってくるようだった。

「よろしゅうございます。親分、この前《めえ》も話したように、その留という野郎は、大黒屋とだいぶん因縁がある奴です」

「うむ、おめえがそう言って来たときはおれも笑っていたが、こうなると、おめえの物好きも笑ってばかりいられねえ。まあ、ひとつ働いてくれ」

「分りました」

「やっぱり大黒屋かえ？」

「さし当り、あそこから手をつけたほうがまっとうでしょう。留五郎が殺されたとなると、わっちもいつまでも化けてはいられませんから、身分を明かして、場合によっては番屋にしょっ曳《ぴ》いて来ます」

「まあ、あせることはないが、何とか目鼻をつけてこい」

「合点です」

幸八は、その言葉通り大黒屋の表口から入った。

「おう、おくまさん、ご亭主は居るかえ？」

おくまは店の上り口の火鉢に齧《かじ》りついて煙管《きせる》をくわえ、入ってきた幸八をじろりと見た。

「おまえさん、この前来た人だね。今日は初午だが、この前の小豆《あずき》では足りないのかえ？」

「おくまさん、留五郎は殺されたぜ」

「えっ」

おくまはどきっとして、持っていた煙管を落した。びっくりしたあまり、ぼんやりとした表情になっている。この驚きは正直だと幸八はうけとった。

「おれは神田松枝町の惣兵衛親分のところに出入りしている幸八という者だ。常右衛門さんが居たら、ちょいとここに呼んでくれ」

「はい、はい」

おくまも幸八の正体を知って態度ががらりと変った。

替って四十二、三の痩《や》せぎすの男が前垂を掛けて出て来た。幸八には初めて見る顔だった。

「おめえが常右衛門さんかえ？」

「はい、左様でございます」

常右衛門は律儀に頭を下げた。

「おれはいま名乗った通りの男だ。見知っておいてくんねえ。今日、まともに名乗って来たのはほかじゃねえ、おめえのところに出入りしていた留五郎が、今朝、乞食橋の空地で殺されていたんだ」

「いま、おくまからそう聞かされて愕《おどろ》いているところでございます」

常右衛門は、おくまから聞かされたためか、案外落着いていた。

「それについては、おれたちの役目として下手人の詮議《せんぎ》をしなきゃならねえ。おめえのところに留五郎が来ていたのは、どういう間柄かえ？」

「はい、留は武州の秩父生れで、わたしとは在方が同じでございますところから、江戸に出てからもちょいちょい遊びに来ておりました」

「ふむ、その遊びに来ている留五郎がなんでおめえをおどすのだ？　いや、おめえは何でおかみさんをよそに逃がすんだ？」

「…………」

「その辺のところは、おれのほうでもうすうすは見当がついている。詳しい次第を聞こうじゃねえか」

常右衛門ははっとしたように俯向《うつむ》いたが、決心したように顔をあげた。

「実は、親方の前でお恥かしい話ですが、留五郎はここに遊びに来ているうちに、わたしの女房に横恋慕したのでございます」

常右衛門が面映《おもは》ゆそうに語ったのは、大体、幸八の想像した内容だった。ずっと前の晩に、泊り込んだ留五郎が夜中に女房すてのところに忍び寄り、手籠《てごめ》にしようとしたことがある。それ以来、女房は金杉の知り合いへ避難させているということだった。

「そいつは話が逆さまだ。女房を狙われてるおめえが留五郎を懲《こら》すなら話は分るが、おめえのほうから留を怖れるようじゃあべこべだな。何でおめえは留をそんなに怕《こわ》がるのかえ?」

「ごもっともでございます。意気地のない話ですが、留五郎は酒を飲むと手のつけられねえ乱暴者で、何をするか分りません。もし、あいつが女房に執心の余り逆上すると、わたしが殺されはしないかと、その恐ろしさが終始つきまとって、つい、女房を逃がすような次第になったのでございます。いいえ、わたしがもう少し力が強ければ、留五郎と対抗するところでございますが、何ぶん、あいつは秩父に居るときから力が強く、村の者も手に余っておりました」

「そうか、おめえの在所はどこかえ?」

「はい、武州秩父郡横瀬村《よこぜむら》でございます」

常右衛門は淀《よど》みなく答えた。幸八は留五郎の加賀訛が胸にあったが、それは口に出さなかった。常右衛門の言葉には、その訛《なまり》が聞きとれなかった。

七

ここで当然の順序として幸八は、常右衛門が昨日、つまり二月三日と、その前の二日の日にどこに居たかを訊《き》いた。それに対して常右衛門は、これもはっきりと答えた。二日の日は一日店で商売をしていた。それは近所の人に訊いてもらえば分る。その晩は小網町の炭屋の隠居のところに行き、碁を打って遅くなり、泊めてもらった。昨日は朝早く店に戻って、やはり一日じゅう商売をした。昨夜は近所の頼母子《たのもし》講に顔を出し、あとで酒となり、酔って人に送られ、四ツ（午後十時）に店に戻った。それからはぐっすり寝て今朝起きたのだが、昨夜の酔のせいか、まだ頭がぼんやりしていると言った。

「それに間違いねえな？」

幸八は念を押した。

「はい、偽りを申しても、お調べになればすぐに分ります」

常右衛門は、小網町の炭屋の名前も教えた。それは嘘ではなさそうである。

「ところで、おめえ、留五郎が殺されたと聞いて、どう思うかえ？」

「はい、どう思うかとおっしゃっても……」

常右衛門は、さすがに言いにくそうにした。

「仏には悪いが、おめえもこれで厄払いができて安心なわけだ。おれもとんだ野郎に見込まれたおめえは気の毒だと思っている」

「はあ」

相手が死んだので、常右衛門もあまり留五郎の悪口を言いかねていた。

「おっと、おめえのところは穀物の商売だな？」

「はい」

「そいじゃ、さぞかし百姓衆の客もあるだろう？」

幸八がそう言ったのは、留五郎の傷が鍬《くわ》で打ちおろされたものだと惣兵衛から聞いたからである。

「いいえ、この町なかではお百姓衆は全然参られません。みんな町家ばかりでございます」

「そうかえ。つかぬことを訊くが、おめえのところでは穀物のほかに百姓道具は売ってねえんだな？　たとえば、鋤《すき》、鍬といったものはどうだえ？」

「いいえ、ご覧の通り穀物だけでございます。そんなものは扱っておりません」

常右衛門ははっきりと言った。

「そうかえ。ところで、おめえはだいぶん信心深えそうだが、寺詣《まい》りはどちらかえ？」

「はい、本郷の浄験寺《じょうけんじ》でございます」

「浄土宗だな。おめえのところは代々浄土かえ？」

「はい、先祖代々、そうでございます」

「まあ、用事があれば、また来る。……おう、そこののれんの陰からのぞいているおくまさん、留五郎はもう居ねえのだ。いくら追っかけようにも冥土《めいど》からじゃ仕様がねえ。安心するがいいぜ」

それから、幸八は、まず、近所を歩いて常右衛門の申立ての裏づけを取り、今度は小網町にある炭屋を訪問し、隠居に会って同じく裏づけを取った。小網町の炭屋は以前から商売していて悪事をかばいだてしているとは思えない。隠居もたしかに常右衛門の言う通りだと語ったが、それも口裏を合わせているとは思えなかった。

隠居には跡取り息子とその下の弟とがいるが、息子は白山《はくさん》の信仰者だと近所では言った。

幸八は、ついでに本郷まで足を伸ばそうと思ったが、それではあまり遅くなるので、中間報告のつもりでいったん松枝町の惣兵衛のところに戻った。

「そうか。……いま、熊と権太が帰ったが、二月二日の灸点には、馬道あたりで留五郎に灸を下ろしたところはねえそうだ。留は夕方まで裏店《うらだな》にぐずぐずして居たが、それから出て行ったきりだそうだ」

惣兵衛は、子分二人の報《し》らせをまとめて言った。

「じゃ、留の野郎は近所で灸を据えなかったとみえますね。夕方から出かけたんじゃ、それからどこかで灸点を下ろしてもらったわけですね」

「夕方から灸を下ろすような所なら、よっぽど留と親しい所にちげえねえ。幸八、だんだん狭《せば》まって来たようだな。……それから、こいつは熊が馬道から聞き込んで来たのだが、留の野郎は、あんな大きな図体をしていて、案外、手先が器用だったそうだな」

「へえ、そりゃどういうことです？」

「近所から頼まれると、ちょっとした鍋釜《なべかま》の修繕ぐれえは出来たそうだ。それで野郎は案外近所には評判がいいそうだよ」

「そうですかね。だけど、そいつは百姓の鍬とは結びつきませんね？」

「うむ。それでおれも困っている。なあ、幸八、下手人は一人じゃねえ。あれほど滅多打ちにされたのだから、二人以上はかかっていると思う。どこから死骸《しがい》を運んだかしれねえが、大八車などを引いているところから、一人の仕業じゃねえな」

「そうですね」

「おい、ちょっとこれを見てくれ」

惣兵衛は、長火鉢の抽斗《ひきだし》から紙に包んだものを出した。それは長さ一分ぐらいの、幅はその半分ぐらいの、茶褐色の小さなものだった。

「留五郎の死体の踵《かかと》についていたものだ。何だか分るか？」

幸八は、その膜のようなものを見ていたが、

「親分、これは漆《うるし》ですね」

「うむ、漆だ。留はどうしてこんなものを踵にくっ付けていたんだろう？」

「どこか塗物屋にでも行っていたんじゃないでしょうかね。あいつは加賀訛を使っていたというから、ひょっとすると、能登《のと》の輪島《わじま》あたりの塗物屋に知り合いがあって、江戸にその出店でもあるんじゃねえでしょうか」

「奴は秩父生れじゃねえのか？」

「大黒屋の常右衛門は秩父生れで同郷だと言っていましたが、この前《めえ》、飲み屋で一緒になった男は留五郎の話しぶりを聞いて、たしかに加賀訛だと言っておりました。留

の奴はそう言われるのを嫌っていたようですから、こいつア曰《いわ》くがありそうですね」

「秩父のどこの生れだと言っていた？」

「常右衛門から聞いて、ここに書き取っています。もし出来たら、郡代屋敷あたりに聞き合わせてもらえませんかね」

「よし、そいじゃ、おれがあとで頼みに行ってみる。おめえはこれからどうする？」

「今も言ったように、常右衛門の昨日、一昨日行った先がはっきりしているので手がつけられません。そこで、奴が信心詣りをしていた本郷の浄験寺に行き、常右衛門の人物をちょいと確かめてみようと思ってます」

幸八が惣兵衛の家の格子戸の外に出ると、あたりがうす暗くなっていた。見上げると、鉛色の雲が凍ったように空に厚くなっていた。昌平橋を渡って湯島の坂にかかるころから、果して白いものがちらちらと降ってきた。

湯島天神前から加賀家の長い塀に沿って行くと、菊坂のあたりに出る。この辺は寺が多いが、その中の浄験寺は細い路の奥にあった。

ここまで来ると、雪は激しく降ってきた。手拭《てぬぐ》いで頬かぶりをした幸八は、浄験寺の門の屋根下に佇《たたず》んだ。

こういう際だから、誰一人として前を通りかかる者がいない。幸八は、どういう手順で寺に訊き合わせたものかと思案していると、向うから傘を傾けて十五、六ぐらいの小坊主がやって来た。その小坊主は、幸八の見ている前で傘をすぼめ、門の中に入りかけた。彼は雪を避けている幸八にちょっと眼をくれた。

「もし、お小僧さん」と、幸八は声をかけた。「和尚《おしょう》さんは居なさるかえ？」

「おまえさんは誰ですか？」

と、小坊主はませた口を利いた。眼のくるりとした利発そうな顔をしている。

「わたしは、この前郷里《くに》で死んだおふくろの分骨をこちらに納めたいと思ってね、それが出来るかどうか伺いに来たんですよ」

「そうですか。和尚さんはおられると思いますから、わたしが訊《き》いてあげます。まあ、お入り下さい」

と、小坊主は中に案内した。

狭い境内には、巨《おお》きな銀杏《いちょう》の樹が裸の梢《こずえ》を箒《ほうき》のように空に立てていた。それにも白い雪が花のように溜《たま》っていた。

小坊主は庫裡《くり》から入って、幸八を待たしていたが、

「どうぞこちらへおいで下さい」

と、戻ってきて告げた。

幸八は頬かぶりを取り、中に入った。だだっ広い庫裡《くり》の土間に下駄《げた》を脱ぐと、小坊主が雑巾《ぞうきん》を持って来てくれた。それで足を拭い、暗い玄関の間を過ぎて狭い部屋に通された。そこには樹の株を抉《く》り抜いた火鉢が熱い火を入れていた。

同じ小坊主が番茶を出したあと、襖《ふすま》があいて五十六、七の和尚が出てきた。幸八は坐《すわ》り直した。

「わたしは日本橋のほうに居る多助《たすけ》という者ですが、今度、国元から兄貴がおふくろの分骨を持って来ましたので、こちらさまに供養して戴《いただ》き、永代にとむらって戴きたいのですが、いかがなものでございましょうか?」

幸八は、実直な商人の口の利き方をした。

「それは、まあ、ご奇特なことです。やはりあなたは浄土でございますか?」

和尚は卵のような細面で上品な顔つきをしている。

「はい。なにしろ、真宗は多うございますが、浄土宗のお寺さまは少のうございますので、ようやくこちらさまを尋ね当てたのでございます」

「どちらでわたしの寺のことをお聞きになりましたか?」

「ちょいと知り合いがおりまして、それがこちらの檀徒《だんと》を知っているそうで」

「ほう、誰でしょうか?」

「日本橋堀江町の大黒屋さんです」

「ああ、常右衛門さんですか」和尚は上品な顔をうなずかせた。「あの人はなかなかの信心者です。この寺にもよくお詣《まい》りに見えています」

和尚は常右衛門をほめた。幸八は、こちらからあまり訊き出すと妙に疑われそうなので、なおも遠回しに和尚の口から誘い出した。和尚は決して常右衛門を悪く言わなかった。

いくらかのお布施を紙に包んで置き、いずれ改めて参ります、と言って幸八は寺を出た。雪はかなり小止みになっていたが、さっきの小坊主が門前まで傘をさしかけてついて来てくれた。

「和尚さんはいい人だね」と、幸八は言った。「何というお名前だ？」

「雲岳《うんがく》さんといいます」

「この寺には、和尚さんのほかに納所《なつしょ》の坊さんは居るかね？」

「はい。納所は泰雲《たいうん》さんです。わたしは芳雲《ほううん》といいます。三人だけです」

と、小僧は答えた。

八

留五郎を殺した下手人は分らなかった。彼は鍬《くわ》のようなもので殴り殺されたのだろうという推定はついたが、その現場は見当がつかなかった。また、乞食橋の空地に死《し》骸《がい》を運んだのは荷車であろうとも想像がついたが、それにも手がかりがなかった。下手人は、少なくとも二人以上の複数である。しかし、これにも探索の有力な糸口は発見されなかった。また、惣兵衛が留五郎の足の踵から取った漆からも何の手づるも求められなかった。惣兵衛の子分二人は漆器屋を捜し回ったが徒労であった。

その後、幸八が大黒屋の前をそれとなく往復してみると、店先に女房のおすての働く姿が見えた。なるほど、留五郎が執心しただけに年増ながら器量がいい。留五郎のような男に魅込《みこ》まれたのが因果だが、彼が死んで、女房も安心してわが家に戻ったのであろう。常右衛門も、厄払いができて喜んでいるに違いなかった。

しかし、それだからといって直ちに常右衛門を怪しむわけにはいかなかった。第一、二日の日は常右衛門にはちゃんとした無罪の証跡がある。彼は、その晩、小網町の炭屋の隠居のところに行って碁を打ち、泊っている。三日の晩も近所の頼母子《たのもし》講に行き、家に戻っている。留五郎が殺されたのを二日の晩と推定する限り、常右衛門には嫌疑がかけられなかった。

　犯行は、下手人が一人よりも複数の場合が暴《ば》れやすい。それだけ犯人の手がかりが多くなるからである。また、仲間割れの場合もあるのだ。

　だが、この犯罪には動機らしいものがなかった。留五郎を殺して得になるのはただ常右衛門夫婦だけである。そのほかに彼を殺して利益のありそうなものは考えられなかった。留五郎は金を持たず、ただふらふらと酒を飲んで歩いているだけの男だったのだ。

　岡っ引の惣兵衛は、常右衛門の身辺から眼を放さなかった。彼は子分たちに命じて大黒屋の見張りを怠らなかった。しかし、怪しい者は一人として彼の家に出入りしていなかった。姿が見えるのは、商売物を買いにくる客か、問屋の丁稚《でっち》ぐらいなものだった。

　常右衛門が外出するといえば、ときたま小網町の炭屋に碁を打ちに行くか、寺詣りするだけであった。

「やっぱりおめえの言う通りだった」

　と、惣兵衛は幸八を呼んで言った。

「先ほど、郡代屋敷に顔を出したら、この前問い合わせた留五郎と常右衛門のことで返事を貰《もら》った。郡代屋敷では向うの代官所に訊《き》き合わせて調べてもらったそうだが、常右衛門も留五郎も秩父の横瀬村の人間だ。常右衛門は十年前に村を出て江戸に行ったというから、その後五年して今の穀物問屋の商売をはじめたに違えねえ。一方、留五郎もそのころ村を出ているが、それっきり便りがなかったそうだ。だが、村の者の耳に入った風の便りでは、なんでも一時期、加賀のほうに行っていたらしい」

「やっぱりそうですか」

幸八はうなずいた。

「留は加賀あたりで何をやっていたんでしょうね？　やっぱり塗物屋に奉公したんですかね？」

「さあ、そいつは分らねえ。ただそれだけというんだが」

「分りました。常右衛門は加賀に行ったことはねえんですね？」

「そういう噂はなかったそうだ」

ここまで知れても、直接には探索の益にはならなかった。ただ留五郎の言葉に加賀の訛《なまり》が入っている理由が分っただけである。

幸八は、また本郷の浄験寺に向かった。今日は先日と変って、蒼空《あおぞら》に暖かい太陽が出ていた。雪も解けて路《みち》の真ん中は乾いていた。

幸八が浄験寺の門前近くに行くと、向うから小僧の芳雲が、もう一人の若い僧と一緒に天秤棒《てんびんぼう》を肩にモッコを担いで来ていた。モッコには落葉が夥《おびただ》しく積み上げられていた。

「この前はお邪魔しました」

と、幸八は小僧の芳雲に言った。天秤棒の前を担いでいるのが納所の泰雲だろうと思ったが、泰雲は片手に箒を握っていた。彼は幸八を胡散《うさん》臭そうに見た。

「おや、掃除ですかえ?」

幸八は、モッコに積まれた落葉に眼をやって言った。

「はい、近所があんまり汚いものですから」

うしろの芳雲が利発に答えた。

「和尚《おしよう》さんはおられますか?」

「はい、裏においでになります」

納所の泰雲は黙って歩き出したので、小坊主の芳雲も天秤棒に引きずられて歩いた。

幸八は、そのうしろに従った。

門が近くになると、銀杏《いちよう》の樹の向うから、蒼い煙りが立上っていた。落葉を和尚が焼いているらしかった。

「ここで待っていて下さい」

納所の泰雲が幸八に初めて口を利いた。彼が本堂の前に佇《たたず》んでいると、その屋根の向うの蒼い煙りは渦巻いて空に上っていた。

ほどなく、熊手を持った和尚の雲岳が十徳《じっとく》を着て現れた。

「おや、分骨のほうはどうなさいました」

和尚のほうから訊いた。

「はい、実は、そのことで参ったのですが、親戚《しんせき》のほうでぜひそれを半分分けてくれと言う者がおりますので、少し暇がいるかと存じます。その者が千葉から来るまで待たねばなりませんので、お断わりに参りました」

幸八は嘘を言った。それは肝腎《かんじん》の分骨が無いのと、その言訳にひっかけ何度もこの寺に来てみたいからだった。

「わたしのほうはいつでも結構ですよ」

和尚は笑っていた。背後の蒼い煙りが一段と濃くなった。

「裏で落葉を焼いていらっしゃいますね」

幸八は、その煙りを見上げて言った。

「はい、去年の秋から掃除をしきれない落葉が溜《たま》っているので、いま、毎日少しずつ処分しています」

「さっき小僧さんに遇《あ》いましたが、ご近所のものまで集めていらっしゃるようで？」

「なにしろ、どこの寺も手が足りないものですから、門前や、塀の外が汚らしくって仕方がありません。べつに頼まれてはいないのですが、わたしはきれい好きなほうなので、つい、一緒に燃やしてしまおうと思いましてね」

そこへ檀徒《だんと》らしい町人が二人、門から入って来たので、それを機会《しお》に幸八は和尚と別れた。その一人は二十七、八くらいの色の黒い男で、一人は頑丈な二十一、二くらいの男だった。二人の顔は兄弟のようによく似ていた。どちらも和尚に伴《つ》れられて庫裡《くり》のほうに入って行った。

幸八は、浄験寺の前から、ぶらぶらと路を逆のほうに歩いた。この辺は寺が並んで、どこも塀の外まで植込みの樹がのぞいている。したがって落葉の多い理由も分ったが、どこもきれいにその下の路が掃除されていた。近所まで落葉を集めて掃除するとは近ごろ奇特な和尚だと、幸八は感心した。隣の寺の境界には、いくら汚れていても手を出さないのが人情なのである。

幸八は考えあぐんでいた。一体、留五郎はどうして殺されたのであろうか、手がかりはさっぱりつかめない。このまま親分惣兵衛のもとに戻っても、何も報告することもなかった。彼の足は自然と加賀屋敷の前に出た。その前は中仙道《なかせんどう》になっていて、荷駄を積んだ馬や駕籠《かご》などがしきりと通っている。

ようやく長い塀の端に来たので、今度はそれに沿って南へ路を取った。右手は加賀屋敷から変って水戸家の塀つづきになっていた。かなり急な坂を下ると、この道の傍らには去年の落葉がまだ溜っていた。

そこを下りると、根津権現《ねづごんげん》の境内に出た。

根津権現社の広い社域は一名「曙の里《あけぼののさと》」とも言っていた。築山を配し、樹木の種類も豊富だった。また、ここの門前町は両側に飲食を供する店が並び、土産物の店も多い。

幸八は境内をぶらぶらしながら、稲荷《いなり》社から観音堂のほうに向かう樹林の間に入った。「草木の花四季を逐《お》ふて絶えず、実《げ》に遊観の地なり」と『江戸名所図会《ずえ》』にある通り、名木もなかなか多い。しかし、さすがに季節はずれの寒い日のせいか、参詣人《さんけい》の姿もまばらだった。

幸八は、ふと、眼を古い梅の樹の根元に止めた。そこには新しい小さな円木で柵《さく》が設けられてあった。木は二尺ぐらいの高さで、きれいにまるく削られてある。

なかなか木を大事にすると思っていると、その木柵の囲いは、向うの桜の樹の下にも、楓《かえで》の幹にも、銀杏の根方にもあった。

幸八はその木の柵に近づき、その一本に手をふれてみた。

九

幸八は、それから松枝町に一旦《いったん》帰り、親分の惣兵衛を伴《つ》れて権現社に引返した。惣兵衛も囲いの木柵を見ていたが、うなずいて幸八と一緒に社務所に行った。

「つかぬことを伺いますが、裏の大きな桜や梅の樹を木柵で囲ってございますが、あの柵はこちらさまでお造りになったんでございましょうね？」

白い着物に水色の袴《はかま》の老人が、

「いや、あれはわたしのほうでやったのではありませんよ。どこからかあの木を持ってくる人があって、自分で柵を造ってくれています。こちらはぜひにと頼まれるのでお願いしたわけです。ここのところ、途切れていますが」

「その人の名前は分りますか？」

「前に大八車であの木を運んでこられたときお訊《たず》ねしたのですが、よほど奇特な方だとみえ、住所も名前も言われませんでした」

大八車という言葉に惣兵衛と幸八とは顔を見合わせた。しかし、夥しい木を運ぶなら、やはり車以外にはなさそうである。

「まことに申しかねますが、あの柵の木を一本譲って戴《いただ》けませんでしょうか。なに、実は、わたくしのほうで出入りしている旗本のお屋敷先にそういう植木がありまして、かねてから頼まれているんでございます。今日、ひょっとここへお詣《まい》りしてあれを見かけたものですから、恰度《ちょうど》いい具合と思い、見本にして大工に削らせようと思います」

「そうですか。しかし、木柵なら、もっと平らな木に削って、頭を三角に尖《とが》らせたほうが似つかわしいと思いますがね」

まさにそれが神木を囲う玉垣の普通のかたちだった。細くまるく削った木とは変っている。だが、篤志家の寄贈で金もかからないために、ここではそれに任せているようであった。

寄贈者の人相を聞いたが、二人に心当りはなかった。

「使い残りが五、六本、その辺にありますよ」

水色の袴を穿《は》いた年寄は、わざわざ一本を持って来てくれた。二人は礼を言って権現社を出た。門前町に入ると、一休みして行けという女の呼び声がかしましかった。

惣兵衛と幸八はそこを抜けて神田のほうに戻りかけたが、途中で指物《さしもの》大工があったので、そこへ立寄った。

「ちょいと鑑定してもらいたい」

惣兵衛は、ここでは身分を明かした。店で、働いていた職人が木柵の棒を調べていたが、

「親分さん、これは前に鍬《くわ》の柄にしたものですね」

と言った。

「ほれ、この先が切られていますね。三寸ばかりあって、その部分は鍬のつけ根に差込むように細まっている所だと思います」

「わたしも大方そうだろうと思ったが、たしかに鍬の柄にしたものに間違いないでしょうな？」

「へえ、九分九厘まで間違いはございません」

惣兵衛と幸八は、その棒を持って表へ出た。

「さあ、分らねえ」と、惣兵衛は言った。「おめえの言う通り、これでどうやら留五郎を打殺した鍬とかたちの上ではつながりが出来たようだが、その鍬の柄を何でわざわざ権現さまの木柵などに寄進したんだろうな？」

「そうですね。柄がなければ鍬の役が立たねえはずですがね。それもあれだけ木柵に

使ったのだから、夥しい数です」

「うむ。三百本ぐらいはある。奇態だな」

「しかし、親分、さっきの人は言ってましたね、これを運んだのが大八車だってえこと
とを」

「鍬と大八車か。何だか近づいたようでもあるし、まださっぱり雲の中を迷っている
みてえでもあるな」

「あとは漆ですね」

「うむ」

鍬の柄と、大八車と、漆と、まるで三題噺《ばなし》のような謎を胸にたたんで二人は惣兵衛の家に戻った。

帰ってみると、子分の熊五郎が惣兵衛を待っていた。

「親分、やっと留五郎の灸を据えた場所が分りました」

「なに、分ったと。そいつア手柄だ。どこだえ？」

「へえ、留五郎が住んでいる馬道から、浅草界隈《かいわい》ばかりを捜したのが失敗《しくじり》でした。でも、根気よく尋ねたものですから、とうとう、足を伸ばして御成道《おなりみち》までめえりました」

「なに、御成道？」

御成道なら、たったいま訪ねた根津権現や、本郷の浄験寺とあまり方角が違わない。むしろ、馬道から道順になっている。

「そこの裏通りに灸点を下ろす白山の修験者で日達《にったつ》という奴がおります。その日達のところに留五郎は二日の七ツ（午後四時）ごろ行き、三里に灸を据えてもらって立去ったことが分りました」

二月の午後四時だと、もう外はうす暗くなっている。幸八の眼には、夕昏《ゆうぐ》れのなかを本郷を歩いて行く留五郎の姿が泛《うか》ぶのだった。

しかし、それだけでは二日の午後四時までの留五郎の行動が分ったというだけで、まだ事件解決の曙光《しょこう》にもならなかった。

謎は、やはり夥しい鍬の柄だった。

その日は考えあぐねて戻ったが、幸八は、どうしても今日の出来事が頭から離れなかった。彼は惣兵衛からほかの子分の報告をまた聞きに聞いているだけで、まだ留五郎の居た馬道の裏店《うらだな》に行っていないことに気がついた。彼は早朝から起きると、浅草に足を向けた。

留五郎の家主に会って話を聞いたが、ここでは留五郎が案外器用だということしか分らず、べつに収穫にもならなかった。留五郎はあまり友だちがなく、いつも彼のほうからふらふらと塒《ねぐら》を出て行っていたというのである。

幸八は失望して戻りかけたが、ぼんやりと考えていたせいか、足がいつの間にか本願寺の前にかかっていた。ふと見ると、この辺は寺も多いが仏壇屋も多い。その仏壇屋の店先には金色《こんじき》に光った厨子《ずし》や仏が出ていた。折本の経や数珠《じゅず》などもならべてあった。店の奥では職人が厨子にせっせと漆を塗っているのが見えた。

幸八は、その店先に入って行った。彼は、ここで、加賀の金沢が金箔《きんぱく》の産地だと教えられた。

惣兵衛が八丁堀の同心に報告したので、町奉行所から寺社奉行に連絡して許諾を求めた。神社、寺院関係の犯罪は寺社奉行の管轄だった。

二月二十一日の早朝、町方は二手に分れ、一方は本郷の浄験寺に向って、住職の雲岳や納所《なつしょ》の泰雲の寝込みを襲って捕えた。小坊主の芳雲は年齢は足りないが、証人として同行された。御成道裏の修験僧日達も捕えられた。

一手は、また二つに分れ、大黒屋の常右衛門夫婦と女中のおくまとを捕えた。ほかの人数は、日本橋小網町の炭屋甲州屋六兵衛《ろくべえ》を取押えた。

浄験寺の庫裡《くり》を捜索すると、床下の揚げ板の下が地下室になっていた。以前は、寺の燃料の薪《まき》を貯蔵したところらしいが、それを六坪くらいにひろげて、贋金《にせがね》づくりの細工《さいく》場にしていた。隅には鍛冶《かじ》の炉を切り、鞴《ふいご》を備えていた。横には柄の無い鍬が七、八十本も積まれてあった。

別の隅は板戸で区切って漆桶《おけ》や金箔などを入れた函《はこ》があった。そこには小粒のかたちに切った地金が山のように積まれていた。

この地下室の片隅から穴が地上に開いていて、地面の上は炭の空俵で蔽《おお》われ、人の目を誤魔化してあった。つまり鍛冶場の煙出しの穴なのだ。これは本堂の裏手に出るよう斜坑になっていた。

物置を開けると、炭俵が夥しく詰っていた。

こんな明瞭《めいりょう》な証拠を押えられては、大黒屋の常右衛門も言い逃れはできなかった。

「贋金を作りはじめたのは、今から二年前でございます」

と常右衛門は白状した。

「なにぶん商売が不景気でなりません。甲州屋に碁打ちに行っているとき、六兵衛とそんな愚痴が出て、いっそ贋金でも作って使わないとやり切れないと、はじめは冗談のつもりでした。実際、金銀貨は粗悪になるばかりで、これじゃお上のほうが贋金をつくっているようなものだと語り合いました。

そこへ、同じ故郷《くに》の留五郎がひょっこり訪ねて参りました。聞けば郷里を出てから、金沢の金箔屋に五年ばかり奉公して職人をしていたというのです。金箔は加賀藩からお下げ渡しになる金の地金を木槌《きづち》で叩《たた》いて延べるのだが、目減りが見込んであるので屑《くず》ならこっそり買えると申します。そこで、わたしと甲州屋六兵衛が話し合い、地金を切って金箔を張り、二分金（一両の半価）をつくることを考えました。

はじめ、わたしが金沢まで参り、浅野川のほとりにある金箔屋に話をつけました。向うも、ご法度《はっと》だからと厭《いや》がっていましたが、少々高値で引取ることにして折合いました。先方もよくないことに使うとはうすうす察していたでしょうが、まさか贋金とは思ってなかったと存じます。そのあとの金箔買いには仲間の六兵衛の息子を白山詣《まい》りに仕立てて御成道の祈禱《きとう》僧日達と一緒に金沢にやりました。信心参りと言えばわりと人の目がごまかせました。この日達も留五郎が加賀にいるとき知っていて、ひき合わせたのです。

あとは地金を何から取るかということですが、いろいろ知恵を絞って、とどのつまり、百姓の使う鍬《くわ》がよいということになりました。これなら、火で焼いてたやすく延ばせるし、刃先のうすいところはたたんで適当な厚さにも出来ます。鍬だと店をいろいろ変えて少しずつ買えば人に怪しまれることもありません。

さて、今度はそれを作る場所ですが、六兵衛が思い切って檀那寺《だんなでら》の浄験寺の住職雲岳に計画を打ち明けました。浄験寺は長い間貧乏寺で苦しんでいましたので、雲岳はそれに乗ってきました。庫裡の床下にある薪《まき》入れがそれに使われたのですが、狭いので、少し拡げました。この工事は、夜、みんなでこっそりやりましたが、煙出しもつくりました……」

ところが、ここに一つの難儀が生れた。燃料の木炭は、甲州屋がお手のものの商売物を持ってきて物置に積んだが、いざ鞴で炉に火を熾《おこ》してみると煙が穴から匍《は》って地上に濛々《もうもう》と出てゆく。これは近所の寺や人の目をひきそうなので困った。

そこで考えた末が、その煙を紛わすために落葉をかき集めて焼くことだった。狭い浄験寺だけではとても足りないので、勢い、近所の落葉まで納所の泰雲と小坊主の芳雲とがモッコを持って集めてくるようになった。泰雲も芳雲も事情を知って怕《こわ》がっていたが、訴えてもおまえも同罪だと和尚の雲岳に嚇《おど》かされた。

落葉の季節を狙うとすれば、秋から早春までの期間しかない。しかし、一年中のべつに贋金を作っていると、かえって露顕しそうなので、この期間だけの仕事にした。

その代り生産量を上げればよい。鍬から地金をつくる鍛冶は甲州屋の息子兄弟が鎚を振るった。幸八が浄験寺で見た二人の男はこの兄弟だった。

だが、ここで第二の難儀に逢着《ほうちゃく》した。それは鍬を買って来たのはよいが、それには木の柄がついている。柄だけをのけて頭だけ買ってくるわけにはゆかない。変なことをすると、怪しまれる。悪いことをしている一味は、必要以上に警戒心が強くなっていた。そこで、柄の処分に困った挙句、鍬のほうに差込む細い所は鋸《のこぎり》で切り落し、あとは根津権現まで持って行き、神木の囲い柵《さく》にした。奇特な行為だが、所も名前も社務所の人間に伝えられなかったのはそのためである。切り落した柄の端は炉の中に燃した。

こうして出来た贋金は、甲州屋の兄弟息子が、商用にかこつけて各地を回り使った。その利益は、甲州屋と、常右衛門と、御成道裏の修験僧日達と、浄験寺の雲岳とで四分していた。ただし、修験僧の日達は常右衛門の言うことを聞かず、江戸でもかなり贋金を使った。

利益は、こうして四つに分けられたが、もう一人、その享受にあずかる資格のある者がいた。もちろん、それは金箔のことを最初に口利きした留五郎であった。

留五郎も初めは仲間に入るように誘われたし、実際に浄験寺の地下で鍛冶の向う鎚ぐらいは打ったが、生来、怠け者の彼は、間もなくそんな筋肉労働を厭《いと》うようになった。彼は自分が口利きしたということを笠《かさ》にきて、たびたび常右衛門のところへ金をせびりに行った。

しかし、ここに最大の難儀がきた。それは留五郎が常右衛門の女房すでに横恋慕をはじめたことである。

もとより、それが遂げられぬ邪恋とは分っている。しかし、常右衛門の秘密を握っている留五郎は、逆に常右衛門の女房を手籠《てごめ》にするような挙動に出た。常右衛門は、女房を金杉にある知合い先に避難させたが、留五郎は、その行先を追及してやまなかった。彼は女を捜して小網町の炭屋にも、本郷の浄験寺にも掛け合いに行った。このことを聞いて怖れをなしたのは、常右衛門よりむしろほかの一味である。

このままにして置くと、邪恋に狂った留五郎がどんなことを口走らぬとも限らない。こいつは消さねばならぬと覚悟していた矢先、恰度《ちょうど》、御成道裏の日達のところに留五郎が二日の灸を据えに来た。ここでも留五郎は日達に向って相当皮肉を言った。日達は留五郎を先に浄験寺にやった。あいにくとその日の灸を据えてもらいに来合わせている者があって、これが留五郎を知っていた。そのため、手先の熊五郎の聞き込みのとき日達は留五郎のきた事実が隠せなかったのである。

浄験寺に押しかけて来た留五郎は、勝手を知った庫裡から地下室に降りた。細工場には、日達から急な連絡を受けた常右衛門と、甲州屋の兄弟息子と和尚《おしょう》の雲岳とが顔を揃えていた。留五郎がそこでどんな目に遭ったかは、鍬でめった打ちにされた死骸《しがい》が証明している。

ただ、留五郎が倒れた拍子にその辺にあった漆桶に足がふれ、踵《かかと》のところに漆が僅《わず》かに付着したのを下手人たちは知らなかった。

死骸は、その晩一晩、地下室に隠した。しかし、いつまでも放ってはおけないので、甲州屋がいつも木炭を運ぶ大八車を使い、深夜、乞食橋の空地に棄ててきた。わざわざそこまで運んだのは、近くでは不安だったからである。

近来にない大がかりな捕物だった。贋金《にせがね》づくりは極刑だ。それに人殺しの罪が加わっているから、関係者全部は、引回しのうえ小塚原《こつかっぱら》で晒首《さらしくび》になった。年長者は甲州屋の隠居の六十歳だった。浄験寺の小坊主芳雲は事情も分らず、子供であるので放免された。

常右衛門は打首になる前に、こんなことを呟《つぶや》いた。

「おれたちは二分金を作ったといっても僅かなものだ。お上はもっと大それた贋金を作っていなさる。老中をはじめ勘定奉行などが獄門にならねえとは、どうも理屈に合わねえな」

これは大胆な言葉としていつまでも噂に残った。

元禄《げんろく》以後、天保《てんぽう》に至るまでの度重なる改鋳は幕府財政の困窮を救うごまかし策だが、銅や鉛の混入が多く、実質は劣悪になるばかりで、民衆は困り抜いていた。常右衛門の呟きは、江戸市民の共感を呼ぶものがあったのであろう。

落葉焚《た》きの煙りと、死人の踵についた漆と、根津権現の囲い柵に使われた鍬の柄と、連絡のない材料をつなぎ合わせて謎を解いた幸八のおかげで、松枝町の惣兵衛は岡っ引仲間にいい顔になった。

解説

郷原宏

松本清張は「シャーロック・ホームズ」や「ブラウン神父」のようなシリーズ・キャラクターをつくらず、厳密な意味でのシリーズ物も書かなかった。主人公やテーマを固定することによって作品がマンネリ化するのを嫌ったからである。唯一の例外は『点と線』（「旅」一九五七年二月号～五八年一月号）に登場した福岡署のベテラン刑事鳥飼重太郎と警視庁の若手警部補三原紀一のコンビが『時間の習俗』（「旅」六一年五月号～六二年十一月号）に再登場したケースだが、これは推理作家として売り出してくれた「旅」編集部に対する清張の特別サービスともいうべきもので、あくまでも例外である。

シリーズ物の代わりに清張が愛用したのは、一話読み切りの短篇を通しタイトルのもとに連載する新形式の続き物だった。その第一作は『黒い画集』（「週刊朝日」五八年十月五日号～六〇年六月十九日号）である。当時の「週刊朝日」編集長扇谷正造《おうぎやしょうぞう》は大の清張ファンで、特にその短篇が好きだった。この「短篇の名手」を週刊誌で起用するにはどんな形式がいいかと思案しているときに、たまたまサマセット・モームの短篇集『コスモポリタンズ』を読んで、これだと膝《ひざ》をたたいた。こうして一回二十五枚の読み切り連載という新企画がスタートし、「遭難」「証言」「坂道の家」「寒流」といった名作が世に送り出された。締切日と枚数以外は何物にも縛られることなく自由に物語を構想することのできるこの形式は、シリーズ嫌いの清張の性に合っていた。一方、何はともあれ清張の名前がほしいメディア側にとっても、これは大変好都合な形式だった。かくしてこのノンシリーズの連作形式は『影の車』『別冊黒い画集』『黒の様式』『死の枝』『黒の図説』『隠花の飾り』などに引き継がれ、清張作品の多彩と多産を促す孵化《ふか》器の役割を果たすことになった。「万葉翡翠」「潜在光景」「鉢植を買う女」「陸行水行」「内海の輪」「梅雨と西洋風呂」など、短篇推理の代表作はすべてこの連作形式の所産である。

同じことは時代小説についてもいえる。清張はデビュー当初はすべて単発で時代物の短篇を書いていたが、『無宿人別帳』(「オール讀物」五七年九月号〜五八年八月号)で絶賛を博してからは、読み切り連作の形式をとることが多くなった。ただし、時代小説は推理小説と違って時代背景や舞台(江戸)が共通している分だけ連作としての一貫性があり、ややルーズなシリーズ物と見なすこともできる。この種の連作短篇シリーズに、江戸の風俗や年中行事を物語に織り込んだ『彩色江戸切絵図』(「オール讀物」六四年一〜十二月号)と『紅刷り江戸噂』(「小説現代」六七年一〜十二月号)がある。

これらの短篇群には、しばしば「岡っ引き」「目明かし」「御用聞き」と呼ばれる人々が登場する。奉行所の与力や同心の下働きとして犯人の探索や逮捕に当たる町人のことで、「手先」「小物」などと呼ばれる子分を使っていたところから「親分」とも呼ばれた。ちなみに岡っ引きの岡は「岡目八目」の岡と同じで傍《そば》の意。役人の傍にいて手引きをすることから名づけられた。目明かしは現場を目で見て物事を明らかにする人、御用聞きは文字通りお上の御用を聞く人という意味である。

岡っ引き、目明かし、御用聞きを主人公にした時代小説を一般に「捕物帳」という。岡《おか》本綺堂《もときどう》が『半七捕物帳』（一九一七）で創始したこの新形式の推理小説は、その後、佐々《さ さ》木味津三《きみつぞう》『右門捕物帖』、野村胡堂《のむらこどう》『銭形平次捕物控』、横溝正史『人形佐七捕物帳』、久《ひさ》生十蘭《おじゆうらん》『顎十郎捕物帳』などに受け継がれ、日本独自のジャンルとして発展した。

清張は前述したようにシリーズ物としての捕物帳は書かなかったが、多くの長短篇に岡っ引きや目明かしを登場させた。いま執筆順に作品名とそこに登場する岡っ引きや目明かしの名を挙げておこう。

▽穴の中の護符（「小説新潮」五七年二月号）　半七、湯屋熊
▽町の島帰り（「オール讀物」五七年九月号）　目明かし仁蔵
▽夜の足音（「オール讀物」五八年二月号）　浅草田原町の岡っ引き粂吉《くめきち》
▽西蓮寺の参詣人（「サンデー毎日」特別号五八年六月）　下谷の与助

▽大黒屋（「オール讀物」六四年一〜二月号）神田松枝町《まつがえちょう》の岡っ引き惣兵衛《そうべえ》
▽大山詣で（「オール讀物」六四年三〜四月号）名無しの岡っ引き
▽三人の留守居役（「オール讀物」六四年七〜八月号）神田松枝町の御用聞き惣兵衛
▽蔵の中（「オール讀物」六四年九〜十月号）神田駿河台下の岡っ引き碇屋平造
▽七種粥（「小説現代」六七年一〜三月号）岡っ引きの文七
▽虎（「小説現代」六七年四〜五月号）神田の岡っ引き文吾
▽見世物師（「小説現代」六七年九〜十月号）岡っ引き文吾

このほか、長篇『かげろう絵図』『異変街道』『天保図録』『乱灯 江戸影絵』『逃亡』『鬼火の町』にも岡っ引きや目明かしが登場するが、いずれも脇役にすぎないので、これらの作品を捕物帳と呼ぶわけにはいかない。

さて、こうして見てくればおわかりのように、本書『蔵の中』は「清張捕物帳」ともいうべき陣容になっている。収録された五篇のうち四篇までが、岡っ引きや目明かしの犯罪探索をテーマにした作品だからである。これに先だって角川文庫の短篇時代小説選『夜の足音』（二〇〇九年三月）に収録された「夜の足音」「三人の留守居役」と合わせて読めば、清張捕物帳のほぼ全容を知ることができる。

表題作「蔵の中」は「大黒屋」「三人の留守居役」などにつづく『彩色江戸切絵図』の

第五話である。嘉永《かえい》二年十一月の報恩講の夜、日本橋本銀町の畳表問屋備前屋庄兵衛方で奇怪な事件が勃発《ぼっぱつ》する。土蔵の横に掘られた穴の中で庄兵衛の一人娘お露が気を失って倒れており、番頭の半蔵がその穴に首を突っ込んで窒息死していた。さらに土蔵の中では手代の岩吉がくびり殺され、来春お露と婚礼をすることになっていた手代の亥助が行方《ゆくえ》をくらましていた。神田駿河台下の岡っ引き、碇屋平造は逃げた亥助の犯行とみて手配したが、その亥助の死体が乞食橋に上がるに及んで、話はさらにややこしくなる。

魅力的な謎、論理的な展開、意外な結末の三要素をきちんと踏まえた捕物帳としての面白さもさることながら、報恩講という年中行事や商家の使用人たちの人間関係が生き生きと描かれていて、読後いかにも良質な小説を読んだという充足感がある。この充足感がすなわち清張時代小説の醍醐味《だいごみ》である。

「酒井の刃傷」は大衆誌「キング」の五四年九月号に発表された。時代に取り残されていく老臣の最後の抵抗を描いた士道物の秀作である。寛延《かんえん》二年正月、老中酒井雅楽頭《うたのかみ》忠恭は職を辞して溜間《たまりのま》詰めとなり、上州前橋十五万石から播州姫路三十万石に国替えになった。無能を噂された忠恭にとってこれは望外の栄転であり、そこには公用人犬塚又内と中小姓岡田忠蔵による将軍家御側衆大岡出雲守忠光への働きかけがあった。喜んだ忠恭は又内に四百石を加増して江戸詰め家老とし、岡田に百五十石を加増して江戸留守居役に抜擢《ばってき》した。

この報《しら》せは直ちに国表にもたらされたが、藩中でただ一人、その処置を喜ばぬ者がいた。

国家老川合勘解由左衛門。関東の押えとして神君家康公から預かった前橋を利害のために捨てるのは武門の恥だというのである。姫路に移転したあとも腹の虫が収まらない勘解由左衛門は、意を決してある挙に出た。

ここに出てくる将軍家御側衆大岡出雲守忠光の話は、史伝小説「通訳」（「週刊朝日別冊／新春お楽しみ号」五六年十二月）に詳しい。九代将軍家重《いえしげ》は幼時から吃音《きつおん》がひどく、女色が過ぎて言語機能に障害を来した。舌がもつれて他人には何をいってるかまったくわからなかったが、一人だけ、その言語を解する者がいた。早くから側近として仕えた忠光である。老中たちは万事忠光の通訳を通じて政務を決済し、大名たちも忠光の通訳を頼りに家重のご機嫌を伺うようになった。そのため忠光の屋敷には各地から名産珍味の進物が絶えなかった。そのなかには上州前橋十五万石からの進物も含まれていたのである。

「西蓮寺の参詣人」は、清張捕物帳には珍しい単発作品である。嘉永年間、下谷の与助という岡っ引きを、浅草馬道の綿屋彦六が田原町の袋物問屋近江屋の番頭嘉兵衛を連れて訪ねてきた。近江屋の内儀お房が用足しに出かけたまま行方不明になり、それと前後して下谷西蓮寺の所化僧良泰と寺男の伊平も姿を消した。近江屋の主人は中風で寝たきり、西蓮寺では最近地蔵堂を建立したばかりだった。やがて金杉三輪町の空家の床下からお房の死体が見つかったが、良泰と伊平の行方は知れない。与助が西蓮寺を張り込んでいると、女装した伊平が門内に忍び込んだ……。

清張はいつも楽しみながら時代小説を書いた。つまり清張の時代小説の最初の読者は清張自身だった。ここにはその書く喜びと楽しさが溢《あふ》れている。そうして書かれた作品が読者にとって面白くないはずはない。

「七種粥《ななくさがゆ》」は『紅刷り江戸噂』シリーズの第一話である。「紅刷り」は浮世絵の多色刷り手法のこと。ここにはまさしく江戸の人情風俗が浮世絵のごとく色彩豊かに描かれている。

日本橋の織物問屋大津屋で新春恒例の七種粥を食べたところ、全員が苦しみ始め、主人の庄兵衛と番頭の友吉夫妻が死んだ。庄兵衛の後妻千勢が前日池袋から来たというなずな売りから買った七種にとりかぶとが混ざっていたらしい。店は千勢が引き継ぎ、手代の忠助が番頭に昇格したが、そのころからなずな売りの丑六が金をせびりに現れるようになった。その丑六の家で忠助の女房お絹と丑六の死体が見つかった。岡っ引きの文七は、すべてが千勢と忠助に都合よくできていることに疑念を抱く。

「大黒屋」は『彩色江戸切絵図』シリーズの第一作。好奇心の強い岡っ引きの手先（子分）がわずかな手がかりをもとに事件の真相を解明するという捕物帳の快作である。

文久《ぶんきゆう》二年正月十五日、神田松枝町の岡っ引き惣兵衛の手先幸八は、日本橋堀江町の穀物問屋大黒屋から人相のよくない男が出てくるのを目に留めた。男は留五郎という遊び人で、同郷の大黒屋常右衛門を訪ねるうちに女房のすてに岡惚《おかぼ》れして言い寄っていた。二月四日の朝、その留五郎が乞食橋の空地で惨殺死体となって発見された。幸八はすぐに大黒屋を訪ねたが、常右衛門は先夜は小網町の炭屋の隠居と碁を打っていたという。

幸八の親分惣兵衛は「三人の留守居役」にも登場する。執筆順では「大黒屋」のほうが早いから、親分より子分が先に登場したことになる。シリーズ・キャラクターをつくらなかった清張捕物帳にあって、これはチョイ役とはいえ異例のキャスティングといえる。

以上五篇、それぞれまったく独立した短篇でありながら、濃密な時代風俗を背景に魅力的な人物が躍動する清張ならではの時代小説という点で見事に一貫している。清張の読者の辞書に昔も今も「退屈」という文字はない。

二〇〇九年五月

蔵《くら》の中《なか》
短篇時代小説選《たんぺんじだいしょうせつせん》
松本清張《まつもとせいちょう》

平成21年 5月25日　初版発行
令和6年 12月15日　11版発行

発行者●山下直久

発行●株式会社KADOKAWA
〒102-8177　東京都千代田区富士見2-13-3
電話　0570-002-301（ナビダイヤル）

角川文庫 15711

印刷所●株式会社KADOKAWA
製本所●株式会社KADOKAWA

表紙画●和田三造

●お問い合わせ
https://www.kadokawa.co.jp/（「お問い合わせ」へお進みください）
※内容によっては、お答えできない場合があります。
※サポートは日本国内のみとさせていただきます。
※Japanese text only

ISBN978-4-04-122766-4　C0193